VINDOBONA
VERLAG SEIT 1946

Elisabeth Theres

HOFFNUNG IN DER HÖLLE DER ANGST

VINDOBONA
VERLAG SEIT 1946

Bibliografische Information
der Deutschen Nationalbibliothek:

Die Deutsche Nationalbibliothek
verzeichnet diese Publikation in der
Deutschen Nationalbibliografie.
Detaillierte bibliografische Daten sind
im Internet über
http://www.d-nb.de abrufbar.

Dieses Buch wurde digital nach dem
neuen „book on demand" Verfahren
gedruckt.

Für den Inhalt und die Korrektur
zeichnet der Autor verantwortlich.

ISBN 978-3-85040-253-8
Umschlagfoto:
Tobias Ott | Dreamstime.com
Umschlaggestaltung, Layout & Satz: Internationale Buchverlage GmbH

Gedruckt in der Europäischen Union auf
umweltfreundlichem, chlor- und säurefrei
gebleichtem Papier.

www.vindobonaverlag.com

I. TEIL

1. Kapitel

Für mich ist es das erste Mal, dass ich so unmittelbar mit dem Tod konfrontiert werde. Das Sterben meines Vaters dauert acht Wochen, Zeit genug, den Tod kennen zu lernen. Ich bin die Erste in unserer Familie, die davon erfährt, wie es um meinen Vater steht. Er leidet an Nierenkrebs – unheilbar, wie man mir überall mitteilt, aber nicht besonders schmerzhaft. Ein humaner Krebs...? Ich kann es mir nicht vorstellen.

Es ist Mai 1985. Mein Vater, ein Kind aus einfachen Verhältnissen, dessen Mutter starb, als er in den Schützengräben in Russland für sein Vaterland zu kämpfen hatte. Ganz auf sich alleine gestellt gelang es ihm, sich zunächst als Bäcker, dann als Geschäftsmann ein Leben aufzubauen, in dem in erster Linie die Familie zählte. Mir schenkte er vor allem Liebe, Sicherheit, Verständnis und all die Streicheleinheiten, die für meine Seele so besonders wichtig waren. Nun, knapp vor seinem 65. Geburtstag, soll das alles vorbei sein? Unvorstellbar nicht nur für mich.

Wie gelähmt sitze ich im Esszimmer und starre vor mich hin. Draußen wird es langsam dunkel. Ich bemerke es kaum, drehe auch kein Licht auf. Mario, mein Mann, hat Tagdienst in der nahe gelegenen

Polizeidienststelle gehabt. Er müsste längst zuhause sein. Die Ereignisse des Tages laufen immer wieder wie ein Film vor mir ab: Gegen Mittag war ich mit meinen Eltern und meinem Bruder im Krankenhaus verabredet. Am Vormittag hatte ich mich selbst dort einer Untersuchung unterzogen und zu Mittag sollte mein Vater dort stationär aufgenommen werden. Seit einiger Zeit fühlte er sich nicht wohl. Nach einer Untersuchung im Jänner maß sein Hausarzt bedenklichen Blutdruckschwankungen, starker Müdigkeit und hoher Blutsenkung noch kaum Bedeutung bei. Nach einem neuerlichen Check im April erhielt Vati sofort ein Spitalsbett „zur weiteren Abklärung", wie man ihm versicherte. Den Befund brachte er nun ins Krankenhaus mit. Wir lasen ihn durch, doch das medizinische Fachlatein sagte uns nicht allzu viel. Mutti schrieb daher die Diagnose „Hypernephrom" auf einen Zettel, sie wollte zuhause in ihrem Lexikon nachschauen. Instinktiv nahm ich den Zettel an mich. Nach einem gemeinsamen Mittagessen, bei dem wir alle noch sehr zuversichtlich plauderten, verabschiedeten wir uns von meinem Vater vor dem Krankenzimmer. Es war sein erster Aufenthalt in einem Krankenhaus und man sah ihm an, dass ihm der Betrieb und die Atmosphäre unheimlich waren. Ein paar tröstende Worte meinerseits und die Hoffnung auf eine baldige Entlassung schienen ihn kaum zu beruhigen. Mit Tränen in den Augen blickte er uns nach, als sich die Fahrstuhltüre hinter uns schloss.

Mutti und mein Bruder Thomas fuhren mit mir nach Hause. Wir tranken Kaffee und ich holte ein Gesundheitslexikon hervor. Zielstrebig blätterte ich in dem dicken Schmöker, während meine Angehörigen mir wartend gegenübersaßen. Endlich fand ich, wonach ich suchte: Hypernephrom! Die Übersetzung des Begriffs versetzte mir einen Schock. Geistesgegenwärtig blätterte ich sofort weiter und suchte nach einem ähnlichen Fremdwort, dessen deutsche Übersetzung mir harmloser erschien.

Ich las Teile daraus vor und meine Mutter beziehungsweise Thomas tranken etwas erleichtert ihren Kaffee aus. Mit meinem Versprechen, mich um Vati zu kümmern und meine Angehörigen laufend zu informieren, fuhren die beiden etwa hundert Kilometer zum Wohnort meiner Eltern.

Nun war ich allein und holte ziemlich nervös nochmals das Lexikon hervor. Die Beschreibung der Krankheit ließ mich immer unruhiger werden, da sie mir keinerlei Raum für Hoffnung gab. Ich konnte es einfach nicht fassen. Verzweifelt und unter Tränen rief ich meinen Onkel, der Arzt war, an. Mich einerseits tröstend teilte er mir andererseits doch sehr bestimmt mit, dass es für diese Krankheit wohl derzeit kaum eine Heilung gebe. Deprimiert legte ich den Hörer auf und setzte mich mit einem großen Glas Cognac – ich trank sonst kaum Alkohol – an den Esstisch.

Inzwischen sind einige Stunden vergangen. Wo bleibt nur Mario? Noch nie habe ich so sehnsüchtig auf ihn gewartet. Ich möchte etwas tun, weiß aber nicht was. Ich zünde eine Zigarette mit der anderen an, starre vor mich hin und bin unfähig zu weinen. Kurz vor Mitternacht kommt mein Mann nach Hause. Nun erst löst sich mein Schock in Tränen auf. Schluchzend teile ich ihm die schreckliche Nachricht mit. Er kann es nicht fassen, glaubt, ich hätte vielleicht falsch gelesen und versucht, mich zu beruhigen.

Nach einer schlaflosen Nacht rufe ich am nächsten Morgen meine Schwester Karin, die im Nachbarhaus meiner Eltern wohnt, an, um ihr die traurige Tatsache so schonend wie möglich beizubringen. Auch sie kann es kaum glauben, ist im wahrsten Sinne des Wortes sprachlos. Wir einigen uns darauf, dass Mutti es vorläufig nicht erfahren soll. Da wir doch ziemlich weit voneinander wohnen, wird Mutti nicht so schnell zu Besuch kommen.

Täglich fahre ich nun zu meinem Vater, versorge ihn mit Kaffee – der Arzt hat ihm absolut nichts verboten – und bemühe mich, ihm seine bescheidenen Wünsche zu erfüllen. Über seine Krankheit scheint er nicht informiert zu sein, hofft offensichtlich auf eine rasche Genesung, für die eine entsprechende Operation notwendig ist. Es fällt mir nicht leicht, ihm gegenüberzutreten und so zu tun, als sei beinahe alles in Ordnung. Ich bin auch nicht in der Lage, ihm die Wahrheit zu sagen. So plaudern wir über belanglose Dinge. Immer wieder versichere ich ihm, dass er hier in den besten Händen sei und dass er auch bald wieder nach Hause fahren könne. In den ersten Tagen sitzen wir gemeinsam im Besucherraum, doch mit jedem Tag wird sein Verlangen, wieder ins Bett zu gehen, größer. Von seinem Zimmergefährten erfahre ich, dass mein Vater kaum etwas isst. Er schickt oft mehr als die Hälfte der Mahlzeit zurück, oder rührt sie erst gar nicht an. Eine Verletzung an seiner Hand lässt mich aufhorchen. Auf meine besorgte Frage nach der Ursache erklärt mir Vati, er sei gestolpert, doch schließlich erfahre ich, dass er bereits zweimal kurz nach dem Aufstehen kollabiert war.

Am Tag vor der geplanten Operation ist mein Vater sehr nervös. Er schickt mich bald nach Hause, möchte lieber allein sein. Als ich am nächsten Tag gleich nach dem Unterricht in meiner Schule zu ihm fahre, liegt er nachdenklich in seinem Bett. Ich bin sehr überrascht, habe ich doch einen von der Narkose noch benommenen Patienten erwartet. Er klingt enttäuscht, als er mir erzählt, dass er bereits im Operationssaal lag, man ihn dann aber wieder ins Zimmer brachte. Nach dem Warum hat er nicht gefragt. Heimlich, damit Vati es nicht merkt, erkundige ich mich bei dem behandelnden Arzt nach den genauen Fakten. Kurz aber freundlich erklärt mir dieser, dass eine Operation keinen Sinn mehr habe. Vatis Tumor an der rechten Niere sei Kindskopf groß, und sicher seien seine Organe von Metastasen schon stark angegriffen. Meine schwachen Hoffnungen auf Heilung lösen sich in nichts auf und fortan mobilisiere ich alle meine inneren Kräfte, um Vati nicht merken zu lassen, wie es um ihn steht, was mir leichter fällt, wenn Mario mich gelegentlich bei meinen Besuchen begleitet. Natürlich macht Vati sich auch selbst Gedanken, doch ein Arzt scheint ihn mit annehmbaren Begründungen beruhigt zu haben.

Mutti ruft täglich besorgt, aber mit der Hoffnung, eine erfreuliche Nachricht zu erhalten, an. Am Telefon fällt es mir nicht so schwer, ihr nur Teilwahrheiten zu erzählen. Sie kann meine verweinten Augen ja nicht sehen. Besonders viel Kraft brauche ich jedoch an jenem Tag, als zu Vatis 65. Geburtstag die ganze Familie zu einer kleinen Feier im Krankenhaus erscheint. Karin und Thomas, die beide über den wahren Zustand unseres Vaters Bescheid wissen, wirken sichtlich bedrückt und sehen mich fragend an. Mutti ist eher erschrocken über das schlechte Aussehen ihres Mannes. Ich bin wirklich erleichtert, als alle wieder nach Hause fahren.

Nach drei Wochen wird Vati aus der Klinik entlassen. Ist er hinein noch zu Fuß gegangen, haben ihm vorher noch Wein und Zigarette geschmeckt, so muss er jetzt hinaus getragen werden, und alles, was ihm vorher wichtig gewesen ist, scheint nun die Bedeutung für ihn verloren zu haben. Mario und Thomas fahren ihn nach Hause. Ein bisschen freut er sich schon darauf und wir hoffen, dass ihn die gewohnte Umgebung sowie eine liebevolle Betreuung für einige Zeit wieder auf die Beine bringen werden. Doch diese Beine wollen nicht mehr und langsam beginnt Vati zu ahnen, dass er uns bald verlassen wird. Wie hilflos wir doch in dieser Situation unseren Gefühlen gegenüber stehen und noch weniger haben wir Ahnung davon, wie wir uns Vati gegenüber verhalten sollen. Auch Mutti genügt ein Kopfnicken meinerseits, das ihre schlimmsten Befürchtungen bestätigt. Verzweifelt sucht mein Bruder Rat und Hilfe bei allen möglichen Spezialisten, doch stets erhält er nur wenig ermutigende Auskünfte. Vati liegt ständig im Bett und braucht nun bereits intensive Pflege. Auf keinen Fall möchten wir ihn noch einmal in ein Krankenhaus bringen. Jeder von uns leistet mit dem Mut der Verzweiflung, was er kann. Mario und ich fahren so oft wie möglich zu meinen Eltern. Viele Stunden sitze ich an seinem Bett, halte seine Hand und versuche, ihn über den Ernst seiner Erkrankung hinweg zu täuschen. Doch mittlerweile glaube ich, dass sich jeder Sterbende seines Abgangs bewusst ist.

Als Vati zeitweise starke Schmerzen hat, wundere ich mich, da man mir versichert hatte, dass seine Krankheit weitgehend schmerzfrei verläuft. Viel später erst erfahren wir, dass eine falsche Behandlung durch den Hausarzt die Schmerzen im Darmbereich ausgelöst hat. Immer häufiger beginnt mein Vater nun zu phantasieren, verwechselt seine nächsten Angehörigen und vegetiert hilflos dahin. Sascha, mein treuer Cockerspaniel, bewacht ihn häufig und wenn Vatis Hand auf der Bettkante liegt, leckt er ihm behutsam die Finger ab. Er ist auch der Letzte, den Vati beim Namen nennt. Jeden Tag wird es nun schwieriger, die notwendigsten Dinge, wie etwa das Waschen so zu verrichten, dass der Patient nicht noch zusätzliche Qualen in Kauf nehmen muss. Ein schmerzvoller, hilfloser Blick meines Vaters und seine flehende Aussage: „Ich will nicht mehr!“, treffen mich mitten ins Herz. Diesen Moment werde ich in meinem ganzen Leben nicht mehr vergessen. Verzweifelt versuche ich meine bedrückenden Gefühle zu verdrängen und tue, was mir nötig erscheint.

Schließlich ist der Tod doch gnädig und erlöst Vati von seinen sichtbaren und unsichtbaren Qualen. Zurück bleibt das Leid der

Menschen, die ihn geliebt haben. Zurück bleiben bei mir, wie wahrscheinlich bei den meisten, auch jene Schuldgefühle, die Liebe, die man dem anderen gegenüber empfunden hat, zu wenig gezeigt zu haben. Nur die Vorbereitungen für die Beerdigung lenken zunächst ein bisschen von dem Wechselspiel zwischen Schock, Verzweiflung und tiefer Trauer ab.

2. Kapitel

Nach außen hin holt mich der Alltag bald wieder ein. Die Entfernung von meiner Mutter und mein Beruf verdrängen ein bisschen die Realität des Erlebten. Darüber hinaus war mein Vater auch die letzten sieben Jahre in meinem Alltag nicht präsent, abgesehen von gelegentlichen Besuchen bei meinen Eltern. Auch die Urlaubszeit steht bevor. Mario überrascht mich mit dem Plan einer vierzehntägigen Reise durch Holland. Kurz vor unserer Reise – es ist ziemlich heiß in diesem Sommer – kollabiere ich innerhalb einer Woche zweimal, jedes Mal in einem Geschäft, und jedes Mal bringt mich die Rettung ins Krankenhaus. Nun beginnt meine Angst, die mir als solche noch nicht bewusst ist. Ich schlucke Kreislauf stärkende Mittel, etwas mehr vor jedem Einkauf.

Der Urlaub tut mir gut. Ich fühle mich einigermaßen wohl und kann beinahe richtig abschalten. Natürlich denke ich oft an Vati, aber die fremde Umgebung zieht meine Aufmerksamkeit auf sich und lenkt mich teilweise von den schrecklichen Erinnerungen an die vergangenen Wochen ab. Außerdem bietet Holland – für mich unerwartet – viele Sehenswürdigkeiten. Ich genieße die Tage, so gut es mir gelingt, verhalte mich aber doch ziemlich passiv und überlasse Mario die Planung der Tagesabläufe. Euphorie, wie sie mein Mann beim Anblick mancher Dinge erlebt, steigt in mir nicht auf. Sie wird von einer tiefen Traurigkeit unterdrückt und die positiven Erlebnisse kann ich gefühlsmäßig nicht wirklich verinnerlichen. Mario hat für mein Verhalten kein Verständnis und so kommt es gelegentlich zu Vorwürfen seinerseits, da seine Bemühungen für diese Reise bei mir nicht die erwartete Wirkung zeigen.

Wieder zuhause trifft mich die noch immer sehr deprimierte Stimmung meiner Angehörigen wie ein schwerer Stein und macht mir den Verlust meines Vaters wieder voll bewusst. Anfang September stürze ich mich eigentlich kraftlos in das neue Schuljahr. Seit einiger Zeit macht mir das Unterrichten keinen Spaß mehr. Oft überlege ich, was ich anderes tun könnte, doch scheine ich für nichts anderes geeignet zu sein. Auch eine Operation, die eigentlich schon vor dem Tod meines Vaters fällig gewesen wäre, steht mir noch bevor. Ich wähle den November, da Mutti in diesem Monat ihr Geschäft schließt. So kann sie gleich der Einsamkeit, unter der sie besonders leidet, entfliehen und mir ein bisschen im Haushalt helfen.

Es ist mein zehnter Klinikaufenthalt, ich habe meiner Krankenversicherung wohl nichts geschenkt. Im Gegensatz zu früher denke ich aber diesmal schon Wochen vorher mit großem Unbehagen an die Narkose. Ich stelle mir vor, was wäre, wenn ich nicht mehr aufwachte. Was würde mein Mann sagen? Würde er rasch darüber hinweg kommen. Ich denke schon, denn als seine Mutter vor sechs Jahren plötzlich spurlos verschwand, war er zwar einige Monate sehr aktiv, das Rätsel zu lösen, von Verzweiflung und anderen negativen Gefühlen merkte man jedoch kaum etwas. Ich kannte seine Mutter zuvor etwa ein halbes Jahr, hatte noch nicht wirklich eine enge Beziehung zu ihr, daher war ich mit weniger starken Gefühlen eher daran interessiert, wie ein Mensch so völlig spurlos verschwinden kann. Natürlich beteiligte ich mich entsprechend an der Suche dieser Frau, auf die zuhause noch ein kleiner Junge wartete. Die Ungewissheit war aber für alle ihr nahe stehenden Menschen am schlimmsten, sicher auch für Mario, der sich jedoch kaum darüber äußerte, was in seinem Inneren vorging. Jetzt, wo ich meinen Vater verloren habe, weiß ich erst, wie schlimm Gefühle in solchen Situationen sein können und ich habe Schuldgefühle, mit Mario zu wenig über seinen Verlust gesprochen zu haben.

Als ich nachdenklich in meinem Bett liege, überkommt mich plötzlich der blanke Horror. Es fühlt sich an, als ob aus allen Öffnungen meines Kopfes Blut schieße. Ich presse beide Hände immer wieder gegen meine Ohren, meine Nase, den Mund und die Augen, um die Öffnungen zu schließen. Doch der Druck wird immer stärker. Vor mir dreht sich alles. Die Zimmerdecke scheint in Bewegung geraten zu sein, mein Bett bebt, – oder bin ich es? Auf meinem Körper wechseln Kälteschauer und Hitzewallungen. Ich befinde mich mitten in einer noch nie zuvor erlebten Panik. Irgendetwas schnürt mir die Kehle zu, mein Herz rast und mit letzter Kraft rufe ich verzweifelt nach Mario. Er stürzt ins Schlafzimmer an mein Bett. Mit beiden Armen klammere ich mich an ihn und flehe ihn an mir zu helfen, mich wenigstens festzuhalten. Kurz danach ist der grausame Spuk vorbei. Nun versuche ich, Mario das soeben Erlebte zu schildern. Er schüttelt den Kopf, kann sich aber wie ich nicht vorstellen, was da passiert ist. Nach einigen beruhigenden Worten schlafe ich erschöpft in seinen Armen ein.

Am nächsten Morgen scheint alles wieder in Ordnung zu sein und ich verdränge erfolgreich für lange Zeit dieses grauenhafte

Erlebnis. Mich beschäftigt jedoch wieder mein bevorstehender Krankenhausaufenthalt. Diesmal gehe ich in ein Sanatorium, wo mein Gynäkologe selbst den Eingriff durchführen kann und zu ihm habe ich schon seit Jahren grenzenloses Vertrauen. Dennoch werde ich das mulmige Gefühl im Hals und im Magen nicht los, obwohl es doch eine relativ harmlose Operation ist und ich auf diesem Gebiet schon eine Menge Erfahrung habe.

Die Atmosphäre in diesem Sanatorium ist angenehmer als im Krankenhaus, doch die Tatsache, dass auch hier Menschen leiden und sterben, lässt sich nicht leugnen. Bei meiner Bettnachbarin, sie ist erst vierundzwanzig Jahre alt, musste eine Brust entfernt werden. Chemotherapie und Bestrahlungen stehen ihr jetzt bevor. Sie scheint tapfer zu sein, aber ich glaube, es ist nur der Schein.

Die Krebskrankheit dieser jungen Frau erinnert mich wieder an meinen Vater, aber auch an mich selbst, an den Schock, als ich vor vier Jahren im Alter von 26 erfuhr, dass der Krebsabstrich bei meiner letzten Untersuchung positiv war. Damals brach beinahe eine Welt für mich zusammen. Ein ziemlich unsensibler Arzt schlug, als ich seine Ordination betrat, die Hände zusammen. „Sie sind ja noch so jung!“, stieß er überrascht aus, um dann unverblümt hinzuzufügen, dass ich die schlechteste Stufe habe und sofort operiert werden müsse. Ich hatte keine Ahnung, wie ernst die Situation wirklich war. Durch die Äußerungen des Arztes war ich aber so geschockt, dass ich nicht in der Lage war, weitere Fragen zu stellen. Erst viel später erfuhr ich, dass es sich um die letzte Stufe vor dem eigentlichen Karzinom handelte. Verwirrt ging ich zu unserem Wagen, wo Mario auf mich wartete. Unter Tränen berichtete ich ihm von der Diagnose des Gynäkologen. Sprachlos fuhren wir nach Hause. Zufällig waren meine Eltern zu Besuch und nachdem ich ihnen alles erzählt hatte, ging mein Vater auf die Loggia. Zwei Stunden lang stand er da und schaute, scheinbar ohne etwas wahrzunehmen, in den Innenhof. Heute denke ich manchmal, wenn es möglich ist, hat er sich damals erfolgreich gewünscht, mir diese Krankheit abzunehmen. Bei mir selbst hinterließen zunächst der Schock, dann der Eingriff und nicht zuletzt das lange Warten auf das Ergebnis der Operation nicht nur in meinem Körper, sondern auch in meiner Psyche tiefe Narben, obwohl außer einem mulmigen Gefühl, wenn ich auf den Befund eines Krebsabstriches warte, nun wieder alles in Ordnung war. Die rührende Besorgnis meines Mannes war damals für mich aber ein wichtiger Halt in meinem Leben, obwohl er mir später einmal vorhielt, dass ihn meine Krankheit ein Semester bei der Vorbereitung zur Abendmatura gekostet habe. Das traf mich ziemlich hart, zeigte es mir doch, wie wichtig meinem extrem ehrgeizigen Partner seine berufliche Laufbahn war.

Im Sanatorium meide ich das Gespräch mit meiner Bettnachbarin und gehe lieber auf den Gang. Ich setze mich zu den Raucherinnen, dort blüht der Tratsch. Jeder erzählt von seinem Leiden und dem der Verwandten und Bekannten. Schließlich besorge ich mir eine Schlaftablette, die bei mir sehr rasch wirkt, da mein Körper nur sehr selten mit Medikamenten versorgt wird.

Kurz nach dem Aufwachen am nächsten Morgen bekomme ich die übliche Spritze, die bei mir beinahe schon wie die Narkose wirkt. Verschwommen nehme ich noch das Kommen meines Arztes wahr, der mir ermutigend seine Hand auf die Schulter legt. Als ich einige Zeit später aufwache, freue ich mich zunächst, noch am Leben zu sein. Bald erscheint es mir aber schon wieder selbstverständlich. Was sollte bei dem Arzt auch schon schief gehen? Die schmerzende Bauchwunde, der trockene Mund, die Nadel, an der die Infusionsflasche mit der Tröpfchennahrung angeschlossen ist, sind mir bereits unangenehm vertraut. Aber wie ich weiß, geht auch das vorbei, und es wird bestimmt der letzte Krankenhausaufenthalt sein – hoffe ich zumindest. Nur noch zum Kinderkriegen werde ich mich hier her begeben, schließlich sind Betreuung und Essen ausgezeichnet.

Mein Arzt besucht mich täglich. Er ist der beste Mann in Weiß, den ich je kennen gelernt habe, und ich kenne schon sehr viele. Bei den meisten habe ich mich wie ein Stück Ware gefühlt, das begutachtet wird. „Ausbesserungsarbeiten" werden oft durchgeführt wie bei einem Auto. Dass der Mensch auch Gefühle hat, wird viel zu wenig beachtet. Nicht so bei meinem Arzt. Er bleibt immer Mensch und kann Gefühle zeigen, indem er mit seinen Patienten lacht, oder sie tröstet, wenn sie es bitter nötig haben. Allen in der Klinik erzähle ich das und ich bin sicher, so manche beneiden mich um ihn.

Von Tag zu Tag erhole ich mich zusehends, und je wohler ich mich fühle, umso mehr drängt es mich, nach Hause zu kommen. Endlich ist es soweit! Mutti holt mich mit einem Taxi ab, da Mario Dienst hat. Stürmisch begrüßt mich Sascha. Er springt an mir hoch und ich halte schützend meine Hand vor meinen Bauch. Nach dem Duschen bin ich erschöpft und lege mich im Wohnzimmer auf die Couch. Mutti hat meinen Haushalt wunderbar im Griff, na ja, schließlich ist es nicht das erste Mal, dass sie mir aushilft. Wie immer bemüht sie sich, mich liebevoll zu umsorgen. Auch Mario zeigt sich, nachdem er gegen Abend nach Hause kommt, von seiner zärtlichsten Seite.

Am nächsten Morgen, nach dem Frühstück, steht ein kurzer Spaziergang im Park vor unserem Haus auf dem Programm. Ich fühle mich allerdings sehr schwach und ziemlich schwindlig, also verdopple ich kurzerhand die Dosis meiner Kreislauftropfen, die ich nun schon einige Zeit regelmäßig nehme und stürze mich am Arm meines Mannes festhaltend in das kleine Abenteuer. Aber bereits nach zehn Minuten bitte ich Mario, mich wieder nach Hause zu bringen. Irgendwie geht es mir nicht gut.

Das Mittagessen, eine meiner Lieblingsspeisen, will mir heute so gar nicht schmecken. Ein Druckgefühl in der Stirn und das Drängen meiner Mutter, doch ein bisschen zu essen, lösen bei mir einen Weinkrampf aus, der schließlich von dem Gefühl, vom Sessel zu kippen, abgelöst wird. Ähnlich wie damals, vor meiner Operation, schnürt mir irgendetwas die Kehle zu, mein Herz schlägt unangenehm rasch und heftig, und kalter Schweiß rinnt mir über den Körper. Meine plötzlichen Angstgefühle steigern sich zu einer entsetzlichen Panik. Hilflos und bestürzt sehen mich Mutti und Mario an, als ich mich vom Sessel erhebe und kreidebleich zu Bett gehe. Ich rolle mich wie eine Schnecke zusammen, verkrampfe mich und warte, was noch kommt. Nach einigen Minuten, für mich sind es Stunden, lösen sich die grauenhaften Empfindungen auf. Nur das Druckgefühl im Kopf, das seine Lage verändert hat, nehme ich noch wahr. Wieder einigermaßen klar im Kopf überlege ich, was mit mir los ist. Vielleicht ist bei der Operation etwas schief gegangen? Aber das hätte ich doch schon im Sanatorium gemerkt! Möglicherweise schlummert noch irgendwo in mir eine schwere Krankheit? Diese und ähnliche Gedanken jagen durch meinen Kopf, als Mutti und Mario wieder etwas beruhigter das Zimmer verlassen. Doch nun wird plötzlich meine Angst, mir könnte etwas Furchtbares zustoßen, von Minute zu Minute immer größer. Schließlich wage ich kaum noch aufzustehen, ein Kollaps, der mir unangemessen bedrohlich erscheint, könnte mich zu Boden strecken. Den Rest des Tages liege ich nachdenklich und immer wieder von Weinkrämpfen geschüttelt im Bett, bis ich endlich im Schlaf zur Ruhe komme.

Auch Mario und Mutti haben keine Erklärung für mein Verhalten, machen sich jedoch große Sorgen. Auf meine Bitte hin ruft Mutti am nächsten Tag jenen Gynäkologen an, der mich operiert hat. Obwohl nicht üblich kommt er eine Stunde später zu mir nach Hause. Mein Zustand ist ihm zunächst ein Rätsel, da ich im Sanatorium einen so munteren Eindruck auf ihn gemacht habe. Er erkennt allerdings nach einem mir sehr wohltuenden Gespräch, dass es sich hier um rein psychische Probleme handelt und bietet mir seine Hilfe in Form von gelegentlichen Gesprächen an. So sehr ich ihm einerseits vertraue, so wenig kann ich mir vorstellen, dass meine qualvollen Zustände „nur" psychisch bedingt seien. Vielmehr verfolgt mich der Gedanke, überzuschnappen, geisteskrank zu werden. Ich habe Angst vor dem Leben, womöglich in einer psychiatrischen Klinik und ich habe Angst vor dem Sterben. Langsam beginnen mich aber die Symptome meiner Angst, die ich vorerst noch körperlichen oder geistigen Ursachen zuschreibe, mehr und mehr zu ängstigen. Ich bringe kaum einen Bissen hinunter, rauche verhältnismäßig viel und schlucke massenweise Kreislauftropfen, um auf meinen Wegen durch die Wohnung nicht umzukippen.

Als ich es nach weiteren zwei Tagen nicht mehr aushalte, rufe ich meinen Hausarzt an. Der weigert sich allerdings nach meinen kurzen Erläuterungen, mich zuhause aufzusuchen und zwingt mich damit, Schritte außer Haus zu tun, die mir zunächst unmöglich erscheinen. Schließlich überwinde ich mich und erscheine bald darauf an Marios Hand in der Ordination. Eine Stunde lang erzähle ich dem Arzt, häufig vom Weinen unterbrochen, von meinen Beschwerden und meinen undefinierbaren Ängsten. Ich bin zutiefst davon überzeugt, dass ein bis jetzt unerkanntes körperliches Leiden die eigentliche Ursache meiner Qualen ist. Nachdem mir der Arzt aufmerksam zugehört hat, entlässt er mich mit einem Rezept, auf dem ein Tranquilizer – was immer das auch sei – verschrieben ist. Dazu gibt er mir eine Überweisung mit dem Rat, einen Psychiater aufzusuchen.

„Psychiater!“ Das Reizwort ruft in mir noch weitere Ängste hervor. Meine Befürchtungen, geisteskrank zu sein oder zu werden, überrollen mich. Bis jetzt habe ich mir noch nie wirklich Gedanken darüber gemacht, was der Unterschied zwischen geistig und psychisch krank sein überhaupt ist. Jeder, der zum Psychiater muss, ist halt verrückt. Diese Meinung ist noch immer weit verbreitet. Auch ich war bis jetzt nur in meiner Kindheit mit einem Menschen unmittelbar konfrontiert, der an Schizophrenie litt, also psychiatrische Hilfe brauchte und vor dem haben sich alle gefürchtet. Im Moment will ich lieber sterben. Aber wie? Jedenfalls nicht an den Leiden, die derzeit meinen Körper heimsuchen. Meinen diesbezüglichen Vorstellungen sind dabei keine Grenzen gesetzt.

Ich besorge mir, trotz vieler Bedenken, rasch einen Termin und wenige Tage danach suche ich, abermals in Marios Begleitung, der mir als einziger ein bisschen das Gefühl von Sicherheit gibt, eine Ärztin für Neurologie und Psychiatrie auf. Mein Gang durch die Innenstadt muss dem, eines Hundertjährigen ähneln. Eine Hand schützend vor meiner Bauchwunde, die das eigentlich nicht mehr nötig hat, die andere krampfhaft um Marios Arm geklammert, zitternd, schwitzend und starr zu Boden blickend, werde ich durch irgendeine Kraft vorwärts bewegt. Die Geschäfte, Menschen sowie den Verkehrslärm nehme ich im Einzelnen kaum wahr, fühle mich einfach von allem um mich herum bedroht. Ich hoffe nur, so rasch wie möglich mein Ziel zu erreichen. Der Weg erscheint mir unendlich lang, vor mir dreht sich alles und immer fester klammere ich mich an Mario. Endlich weist uns ein Schild neben einem Hauseingang den Weg in die Ordination.

Die Ärztin ist sehr freundlich und weckt Vertrauen in mir. Sie hört sich meine geschluchzten Erläuterungen an, testet meine Reaktionen beziehungsweise Reflexe und meint schließlich, dass ich kein Beruhigungsmittel, sondern ein „Tapferkeitspräparat" benötige. Dazu kommt noch ein Schlafmittel, obwohl der Schlaf das einzige ist, das mir keine Probleme bereitet. Außerdem überweist sie mich so eher nebenbei zu einem Facharzt, der meine Gehirnströme überprüfen soll. „Wahrscheinlich handelt es sich doch um einen Tumor, den mir niemand eingestehen möchte", denke ich im Stillen. Der Weg zurück zum Auto fällt mir aber dennoch etwas leichter.

Zuhause ergebe ich mich wieder meinem Schicksal. Ich weine viel und bringe meine Umgebung zur Verzweiflung. Die Nahrungsaufnahme wird durch einen unsichtbaren großen Knoten im Hals und durch ein fürchterliches Ekelgefühl zur Qual, auch wenn ich nur daran denke. Meist verlasse ich in Tränen aufgelöst schon nach dem zweiten Bissen den Tisch, und je mehr mich Mutti und Mario bitten oder gar drängen, doch ein bisschen zu essen und für kurze Zeit in den Park zu gehen, umso schlechter fühle ich mich. Als schließlich auch der Versuch, am Balkon frische Luft zu schnappen, scheitert, da mir mein niedriger Blutdruck auch hier einen Streich spielen könnte, kennt meine Verzweiflung keine Grenzen mehr. Immer mehr wird mir bewusst, dass ich alleine beinahe lebensunfähig bin und ich kann nur hoffen, dass dieser Zustand sich rasch wieder zum Guten wendet.

Einige Tage später fahre ich mit meiner Mutter, begleitet von Befürchtungen und starkem Schwindelgefühl zum EEG. Das Messen der Gehirnaktivitäten ist zwar schmerzlos, doch ein ziemlich aufwändiger Vorgang, der von einer nicht gerade freundlichen Assistentin durchgeführt wird. Gegen meine Erwartungen lässt man mich aber auf das Ergebnis der Untersuchung eine endlos lange Woche warten. Schließlich ist der Befund aber Gott sei Dank negativ. Mein Gehirn scheint in Ordnung zu sein. Langsam muss ich nun akzeptieren, dass meine psychische Verfassung die Ursache meiner körperlichen Qualen ist. Doch das beruhigt mich keineswegs. Es stellen sich die seltsamen Fragen: Wo ist meine Psyche und wie kann man sie behandeln, wo sie doch weder sichtbar noch greifbar ist? Man kann sie auch nicht einfach wegoperieren und durch eine gesunde ersetzen. Und plötzlich wird mir bewusst, dass ich bei dieser Erkrankung – und zum ersten Mal bezeichne ich diese Zustände als Krankheit – gegen einen unsichtbaren Gegner zu kämpfen habe, was sicher nicht leicht sein wird. Und dass es ein erbitterter Kampf sein wird, davon bin ich überzeugt.

3. Kapitel

Von meiner Genesungsphase nach der Operation her, müsste ich schon längst wieder in die Schule. Mein Hausarzt überlässt mir jedoch die Entscheidung, und die ist rasch getroffen. Natürlich bleibe ich noch zu Hause; da kann mir, vorwiegend im Bett liegend, am wenigsten passieren. Außerdem bin ich derzeit nicht imstande ein Auto zu lenken und vor Bus und Straßenbahn ist meine Angst viel zu groß. So verbringe ich meine Tage auf der Wohnzimmercouch und langweile mich. Leider fällt mir das Lesen ziemlich schwer, da mir die Buchstaben schon nach wenigen Minuten davonschwimmen. Auch das Fernsehen reduziert sich meist auf ein Fernhören. Ich vermute, dass das eine der Nebenwirkungen meiner Medikamente ist. Um mir ein bisschen Abwechslung zu verschaffen, bitte ich Mutti, mir Kindermalbücher mit möglichst großen Figuren zu kaufen. Einerseits schäme ich mich dafür, einer so kleinkindhaften Beschäftigung nachzugehen, andererseits lenken mich die lebensfrohen Bilder ab, und eifrig beginne ich, eines nach dem anderen bunt zu bemalen. Nur, wenn es an der Tür läutet, lasse ich sie in der Schreibtischlade verschwinden; schließlich sollen mich meine Besucher nicht für verrückt erklären.

Hinter meinem Rücken hat Mutti nun schon mehrfach mit meinen Geschwistern telefoniert und ihrer Verzweiflung Luft gemacht. Sie kann, wie alle anderen auch, nicht begreifen, dass ausgerechnet ich an so einer Krankheit leide. Mich kennen alle als ausgesprochen lebensfrohen, geselligen Menschen. Angst war für mich seit meiner Pubertät eher ein Fremdwort. Auch an meinem Selbstbewusstsein, meiner Eigenständigkeit und gelegentlicher Abenteuerlust war nicht so leicht zu rütteln. Dass davon nun absolut nichts mehr vorhanden sein soll, kann auch ich nicht begreifen und ich frage mich, was nötig ist, diese alles andere erstickende Angst wieder auf ein normales, notwendiges Maß zu reduzieren. Mein Verstand, der bestens funktioniert, kann mir derzeit nicht helfen. Eine grauenvolle Macht hat von mir Besitz ergriffen, die mein gesamtes Leben bestimmt, und dieses Leben ist nur sehr schwer zu ertragen.

Unverhofft taucht eines Nachmittags mein Bruder auf. Er hat vier Jahre während seines Studiums bei Mario und mir gewohnt und ist kurz vor Vatis Tod zu seiner Freundin und deren Kinder in eine andere Stadt gezogen. Trotz meiner dämpfenden Tabletten falle ich ihm weinend vor Freude aber auch Verzweiflung um den Hals. Seine innige Umarmung löst bei mir Spannungen und gibt mir ein bisschen das Gefühl von Sicherheit. Auch meine Tante, mein Onkel und deren Sohn sind zu Besuch. Bald kommt ein intensives Gespräch zustande, an dem ich mich entsprechend beteilige. Mir kann ja nichts passieren, klingt es im Hinterstübchen meines Gehirns, denn mein Onkel bietet mir als Arzt eine gewisse Sicherheit. Meine Tante, eine sehr realistische, selbstbewusste Frau, macht mir durch geschickte Aussagen Mut. Sie bezeichnet mich als Stehaufmännchen, da ich ihrer Erfahrung nach immer wieder aufgestanden bin, wenn irgendetwas mich zu Boden warf. Am meisten freue ich mich aber über die Anwesenheit von Thomas, der mir besonders viel bedeutet.

Als Mutti, Thomas und ich alleine sind, gelingt es meinem Bruder mich zu einem kurzen Spaziergang im Park zu überreden. Thomas vermittelt mir beinahe so viel Schutz und Sicherheit wie Mario und ich beschließe spontan auch Sascha zu einer Extrarunde mitzunehmen. Thomas äußert sich nicht, versucht über Belangloses zu sprechen, doch spüre ich, dass mein unsicherer Gang ihn völlig betroffen macht. Auch sonst ist er entsetzt von meiner Ausstrahlung und mein Versuch, ihm meine Empfindungen und mein Verhalten zu erklären, scheitert an seinem Verstehen. Ziemlich besorgt und ratlos fährt er am nächsten Morgen wieder nach Hause. Der Abschied ist meinerseits herzlich, stimmt mich aber auch ein bisschen traurig, da die 250 Kilometer zu ihm für mich derzeit nicht zu bewältigen sind und er mir daher unerreichbar erscheint.

Für mich völlig überraschend taucht eines Nachmittags auch meine Schwester, begleitet von ihrem Sohn Rainer, bei uns auf. Da sie, wie meine Mutter, doch weiter entfernt wohnt, habe ich mit ihrem Besuch nicht gerechnet. Es muss doch ziemlich schlimm um mich stehen, wenn sogar Karin herbei eilt, zumal unsere Beziehung bis jetzt noch nie so eng war, wie ich mir das unter Geschwistern vorstelle. Vielleicht lag es daran, dass sie um elf Jahre älter war als ich oder weil sie Gefühle kaum zeigt, sodass ich mich oft gefragt habe, ob sie überhaupt welche hat. Nicht, dass sie mich in irgendeiner Form schlecht behandelt hätte, als Kind war ich ihr wahrscheinlich eher lästig und als Jugendliche konnte sie mit meiner Art, das Leben zu genießen, nichts anfangen. Ihr Leben verlief im Gegensatz zu meinem immer so glatt, ohne Tiefs, aber auch ohne nennenswerte Höhepunkte. So hatten wir uns eigentlich nie viel zu sagen.

Mein Neffe, Student der Sozialakademie, erweist sich, nachdem wir uns in den letzten Jahren etwas aus den Augen verloren haben, als besonders einfühlsamer Gesprächspartner. Irgendwie freue ich mich schon darauf, dass er sein Praktikum als Bewährungshelfer, das im Februar beginnen soll, in unserer Stadt machen will. Mario und ich sind uns sofort einig, dass Rainer in dieser Zeit bei uns wohnen kann.

4. Kapitel

Der letzte Besuch bei meiner Neurologin brachte nur jene Tatsache verstärkt ans Licht, dass meine psychische Verfassung stark beeinträchtigt ist. Die Ärztin riet mir, die verordneten Medikamente weiter zu nehmen und möglichst bald einen Gesprächstherapeuten aufzusuchen, wozu ich mich aber vorläufig nicht entschließen kann, da es mir unwahrscheinlich erscheint, mit Gesprächen meiner Erkrankung beizukommen. Ich hole jedoch alles hervor, was ich noch aus meiner Studienzeit an entsprechender Literatur in meiner Bibliothek habe. Sofern es mein derzeitiges Sehvermögen erlaubt, dieses Problem hat sich in letzter Zeit gebessert, lese ich immer wieder über Ursachen, Auswirkungen und Behandlungsmöglichkeiten meiner Krankheit nach. Abends schlucke ich zwar skeptisch doch folgsam meine rosa Pillen und lege mich zu Bett. In den Armen meines Mannes fühle ich mich sicher und schlafe ruhig ein.

Tagsüber geht es mir nun auch relativ gut. Schließlich entscheide ich mutig, noch die letzten Tage vor Weihnachten in die Schule zu gehen. Da ich auch meinen Haushalt seit einiger Zeit wieder selbst führen kann, fährt Mutti nach Hause, um noch einige Vorbereitungen für Weihnachten treffen zu können.

Das Unterrichten fällt mir nicht leicht. Trotz der Medikamente schlummert irgendwo in mir permanent ein Gefühl der Angst, das sich körperlich hauptsächlich durch Schwindel bemerkbar macht. Um nur ja nicht zu kollabieren, sitze ich beinahe jede Stunde wie angewurzelt auf meinem Sessel. Jede Pause nehme ich ein paar Tropfen für meinen Kreislauf, da ich überzeugt bin, dass mein Blutdruck zu niedrig ist, und ich nur mit den Tropfen gegen den Schwindel ankomme.

Meine Schüler bemerken anscheinend nichts. Auch von meinen Kollegen weiß nur ein einziger, warum ich so lange zu Hause geblieben bin. Aber auch er denkt, es sei jetzt alles wieder in Ordnung. Ich getraue mich auch nicht über meine Situation zu sprechen, da ich aus Bemerkungen meiner Mitmenschen weiß, wie Leute mit so einer Krankheit beurteilt, besser verurteilt werden. Dazu kommt noch, dass das Arbeitsklima in unserer Schule durch zahlreiche Streitereien in den letzten Jahren kein sehr gutes ist.

Vertrauen habe ich nur zu sehr wenigen Kollegen, und die scheinen mir derzeit auch nicht geeignet, meine Probleme verständnisvoll akzeptieren zu können. Also beherrsche ich mich mit Hilfe meiner Medikamente und versuche, meine Angst zu verbergen. Dass ich an einigen gemeinsamen Aktivitäten nicht mehr teilnehme, begründe ich mit allen möglichen und unmöglichen Ausreden, was zur Folge hat, dass ich bald gar nicht mehr gefragt werde. Das tut dann aber oft wieder weh, da man sich total ins Abseits gestellt fühlt und mehr und mehr vereinsamt. Gott sei Dank habe ich Mario, dem ich meist unter Tränen von meinen in Unordnung geratenen Gefühlen erzähle. Meine innerlichen Qualen kann er sich nicht vorstellen, aber er versucht doch, mich zu trösten, abzulenken und sogar aufzuheitern.

Die Weihnachtsferien verbringen wir zum Teil bei meiner Mutter. Am Heiligen Abend stehen auch mein Bruder mit seiner Freundin und deren Zwillingstöchter, sowie die Familie meiner Schwester vor dem erleuchteten Christbaum. Einige Minuten verharren wir schweigend vor dem Baum. Ich denke nur an meinen Vater, meine Augen füllen sich mit Tränen und hinter meinem Rücken nehme ich das leise Schluchzen meiner Mutter wahr. Durch die Zusatzration an Tabletten gelingt es mir aber bald, meine Fassung wieder zu finden. Es ist eine sehr besinnliche Feier, die von starker Trauer erfüllt ist. Auch die Geschenke und das anschließende Festmahl lassen uns nicht vergessen, dass es das erste Weihnachtsfest ohne Vati ist. Selbst Sascha verhält sich wesentlich weniger lebhaft, hat er doch früher mit heller Begeisterung die Geschenke von dem Papier befreit und untersucht, ob der Inhalt seinem Geschmack entspricht.

Nach den Ferien stürze ich mich kaum erholt wieder in die Arbeit. Gleichzeitig versuche ich, die Tagesdosis an Medikamenten zu reduzieren, führe ich doch einige unangenehme körperliche Erscheinungen auf die Medikation zurück. Dann lese ich wieder die Beipacktexte und mein Blick bleibt besorgt an den Nebenwirkungen haften. Vor allem das Wort „Suchtgefahr“ erzeugt in mir nur weitere Ängste, kann ich mir doch mittlerweile sehr gut vorstellen, wie leicht man von diesen, meist kleinen, dafür farbenprächtigen Dingern abhängig werden kann. Sie reduzieren für einige Zeit die qualvollen Symptome, man fühlt sich wieder beinahe „normal“. Man kann frei atmen und sich ungezwungen und locker bewegen. Lässt die Wirkung nach, empfindet man die zuvor verdrängten Gefühle oft noch stärker, was sich nur durch eine weitere Einnahme auf ein erträgliches Maß abschwächt. Eine Teufelsspirale beginnt sich zu drehen, die einen noch mehr nach unten ziehen kann. Natürlich ist manchmal kein anderer Weg möglich, um über die ärgsten Phasen hinweg zu helfen, wichtig dabei ist aber, sich von einem verantwortungsbewussten Arzt begleiten zu lassen.

An diesen, meinen Rat halte ich mich zu diesem Zeitpunkt nicht. Bis zur Sucht will ich es auf keinen Fall kommen lassen und so setze ich die Medikamente einfach ab. Für den Notfall trage ich sie jedoch stets bei mir. Regelmäßig schlucke ich nur mehr die Kreislauftropfen, die Angst vor einem Kollaps ist doch zu groß. Die anderen Beschwerden – und es sind zahlreiche – möchte ich allerdings vorläufig in Kauf nehmen.

Sobald ich nun meine Wohnung verlasse, fange ich zu zittern an, leide an starken Kopfschmerzen, mein Herz schlägt im Hals und ein imaginärer Knoten behindert das freie Atmen. Beinahe ununterbrochen begleiten mich Gefühle undefinierbarer Angst, die sich gelegentlich zu totaler Panik steigern. Schweißgebadet kehre ich von kleinen Spaziergängen mit Sascha zurück. Dabei kann man von „spazieren" gar nicht sprechen. Jede meiner Bewegungen ist verkrampft, irgendwie wanke ich wie betrunken am äußersten Rand jedes Weges, wenn möglich einer Wand oder anderen greifbaren Dingen entlang. Im Park, wo Sascha mit seinen Hundefreunden alleine unterwegs ist, stehe ich wie festgenagelt neben einem Baumstumpf, auf den ich mich im Notfall setzen kann, auch wenn rundherum noch Schnee liegt. Bereits nach wenigen Minuten drängt es mich aber, wieder nach Hause zu kommen, wobei meine Schritte immer rascher werden und die Hoffnung, nur ja niemandem zu begegnen, der mich durch ein Gespräch aufhalten könnte, wird immer größer. Andere Aktivitäten außer Haus reduziere ich auf ein Minimum, zwinge mich aber täglich, meinem Beruf nachzugehen.

Um meine Zustände einigermaßen im Griff zu haben, besorge ich aus der Apotheke pflanzliche Beruhigungstropfen, deren Wirkung ich aber nicht beurteilen kann, da ich es nicht darauf ankommen lasse zu erfahren, ob es mir ohne noch schlechter geht. Schließlich lese ich in einem Buch über Heilkräuter von der Wirkung einer geheimnisvollen asiatischen Steppenwurzel, Eleutherokokkus genannt. Das Kräutertonikum hat laut Beschreibung schon bei den verschiedensten Krankheitsbildern durch eine Regeneration der persönlichen Kraftreserven eine sehr positive Wirkung gezeigt. Da beinahe alle Symptome auch auf mich zutreffen, kauft Mario schließlich den ziemlich teuren Saft. Ich schlucke fleißig nach Vorschrift, vermag aber nicht wirklich zu sagen, ob es tatsächlich hilft. Da ich aber meist ohne Tranquilizer auskomme, nehme ich eine gewisse positive Wirkung des Tonikums an.

Noch immer hole ich jene Bücher hervor, in denen unter dem Stichwort „Angst" oder „Neurose" etwas zu finden ist. Mediziner verstehen darunter Krankheitsbilder, die ihren Ausgang von bestimmten Ereignissen im Leben des Kranken nehmen, die nur unvollkommen bewältigt werden konnten. Nicht selten, so glaubt man, gehen die Ursachen auf Ereignisse in der Kindheit zurück, was oft nur durch eine lang dauernde Behandlung, in der sich ein Therapeut intensiv mit dem Seelenleben des Kranken beschäftigen muss, aufgedeckt werden kann. Nur: Wer bezahlt diese Behandlung? Derzeit bleibt dem Patienten nur der Griff in die eigene Tasche und wenn da zuwenig drinnen ist, muss er sehen, wie weit er damit kommt. Die Verabreichung von Medikamenten erscheint zunächst vielleicht kostengünstiger und zeitsparender, doch muss mit weiteren Kosten, die durch Nebenwirkungen oder Arbeitsunfähigkeit entstehen, gerechnet werden. „Welch ein Irrsinn!", denke ich und wie machtlos mir der Betroffene dabei vorkommt.

Das bessere Wissen um meine Erkrankung wirkt einerseits auf mich etwas beruhigend, ist doch dabei von Heilungschancen die Rede. Andererseits wäre mir eine bestimmte Art von Angst, wie etwa Höhenangst, lieber als meine universelle Angst, für die ich noch keine auslösenden Faktoren feststellen konnte. Leider kann man sich das nicht aussuchen, aber ich bin nach wie vor bereit, mich dem Kampf um Heilung zu stellen; hoffentlich dauert er nicht allzu lange.

In der Schule fällt mir vor allem das Unterrichten im Gegenstand „Gesundheitslehre" besonders schwer. Früher war das immer mein liebstes Fach. Selbst an der Medizin, am menschlichen Körper, seinen Funktionen und Problemen interessiert, trug ich stets mit Begeisterung vor und meist konnte ich auch meine Schüler gedanklich fesseln. Doch nun bedrohen mich zahlreiche Reizworte wie Ohnmacht, Schwindel, Kreislauf und so weiter, die in mir das Gefühl von Angst verstärken und mich nahezu unerträglich nervös machen. Verkrampft sitze ich bei entsprechenden Themen auf meinem Stuhl und versuche, die Schüler sinnvoll mit dem Lehrstoff zu beschäftigen.

Sehnsüchtig erwarte ich die Semesterferien. Vielleicht gelingt es mir, mich von dem Stress, den die permanenten Angstgefühle hervorrufen, etwas zu erholen. Sie kosten mich enorm viel Kraft, sodass ich meist zwei Stunden Schlaf am Nachmittag brauche, um den Tag zu überstehen. Aber wie ich den Angstgefühlen mit ihren tausend Symptomen beikomme, weiß ich immer noch nicht. Manchmal ist es so schlimm, dass periodisch auch Selbstmordgedanken auftauchen, vor allem wenn meine Hoffnungen auf Heilung wieder einmal an einem Tiefpunkt angelangt sind. Zum Glück ist meine Angst vor einem Suizid größer, als die Absicht ihn in die Tat umzusetzen. Ich fürchte mich vor einer unüberlegten Kurzschlusshandlung, besonders wenn ich alleine zuhause bin. Niemand könnte mir helfen, mich zurückhalten, wenn eine geheimnisvolle Energie mich dazu treibt, unter mein Leben einen Schlussstrich zu ziehen. In diesen Stunden großer Verzweiflung suche ich nach verständnisvollen Gesprächspartnern, nach Menschen, zu denen ich Vertrauen habe und die mir stark genug erscheinen, sich meine Probleme anzuhören. Davon gibt es wahrscheinlich nur ganz wenige und genau dann, wenn ich jemanden dafür auserkoren habe, hat der Betreffende keine Zeit oder ist erst gar nicht erreichbar. Einige Gespräche führe ich mit meinem Mann, verschweige dabei aber meine Selbstmordgedanken. Ich will ihn auch nicht ständig noch verbal mit meinen Problemen konfrontieren, schließlich muss ihm das mit der Zeit doch auf die Nerven gehen. Dazu kommt noch, dass er meine Situation überhaupt nicht begreift und mir daher keine hilfreichen Ratschläge geben kann. Ich weiß genauso wenig wie Mario, wie er sich mir gegenüber verhalten soll. Meiner Meinung nach führen wir eine gute

Ehe, in der sich jeder auf den anderen felsenfest verlassen kann und von mir kann ich behaupten, dass ich Mario über alles liebe. In unserer gemeinsamen Vergangenheit gab es eigentlich nur ein einziges, aber doch sehr gewichtiges Problem. Ich wünschte mir nichts sehnlicher als ein Kind. Der Wunsch schlummert immer noch in mir, wird derzeit jedoch von dem Ungeheuer Angst völlig in den Hintergrund gedrängt.

Jahrelang habe ich alles, aber wirklich auch alles versucht, was damals medizinisch möglich war, um aus unserer Zweisamkeit eine kleine Familie werden zu lassen. Ich liebe Kinder und es war für mich mehr als schmerzvoll zu erfahren, dass eine mir nahe stehende Frau abgetrieben hat, obwohl es weder medizinisch, familiär noch finanziell Probleme gab. Mit Tränen dachte ich oft daran, wie leicht sich das manche Frauen machen und hätte ich früher davon erfahren, mich hätte dieses Baby vielleicht zur glücklichsten Frau der Welt gemacht. Es fällt mir heute noch schwer, für diese Frau Verständnis zu haben und ihr zu verzeihen. Schmerzvoll waren aber auch Begegnungen mit Schwangeren oder Müttern, die ihre Kleinen im Kinderwagen vor sich her schoben. Nachdem ich alle herkömmlichen Methoden, schwanger zu werden, ausprobiert hatte, empfahl mir mein Gynäkologe, es mit einem Retortenbaby zu versuchen. Das funktionierte damals aber noch nicht wie am Fließband. Eine ziemlich aufwändige Prozedur und ein qualvolles Warten, ob die befruchteten Eizellen sich auch einen dauerhaften Platz in der Gebärmutter schaffen konnten, sich also zu einem lebensfähigen Menschen entwickeln, waren psychisch sehr belastend. Und jedes Mal brach eine Welt für mich zusammen, wenn nach einiger Zeit doch Blutungen einsetzten, die den Misserfolg anzeigten. Nach dem dritten gescheiterten Versuch gab ich auf. Vielleicht sind alle guten Dinge aber doch vier und ein weiterer Versuch hätte mich vor der Hölle, durch die ich gehe, bewahrt.

Wie sehr mich mein unerfüllter Kinderwunsch belastet, erfahre ich durch einen grausamen Albtraum. Dabei stehe ich auf einer Brücke, die über einen Abwässerkanal führt. In der braunen, stinkenden Brühe schwimmen nackte Babykörper, die markerschütternd schreien und mir ihre zarten Ärmchen Hilfe suchend entgegen strecken. Ich versuche mit allen Mitteln, die Babys heraus zu fischen, doch immer wieder entgleiten mir ihre kleinen Händchen und das eklige Wasser reißt sie mit sich fort.

Natürlich habe ich mir darüber viele Gedanken gemacht, ob meine Kinderlosigkeit die Ursache für meine Erkrankung ist. Doch auch wenn es so wäre, es ließe sich an dem Umstand nicht so leicht etwas ändern, zumal Mario absolut gegen eine Adoption ist. Kinder wollte er schon, aber nicht um jeden Preis und meine derzeitige Situation ließ das Thema weitgehend aus unserem Alltag verschwinden. Für mich ist jetzt nur wichtig, dass ich Mario mit meinem unbegreiflichen Leiden nicht überfordere, um ihn nicht zu verlieren. Eine Trennung würde ich wohl derzeit nicht verkraften.

Gespräche mit anderen über meine psychische Erkrankung sind zwar selten aber für mich sehr wichtig. Einige meiner Mitmenschen – oft jene, von denen ich es am wenigsten vermutet hätte – hatten in ihrem Leben auch schon solche Probleme, meist aber in einer relativ harmloseren Variante. Sie getrauten sich aber aus Angst vor der Reaktion ihrer Mitmenschen kaum, mit jemandem darüber zu sprechen. Nur meine Offenheit gibt ihnen den Mut, sich diesbezüglich zu outen, was sie oft wie von einer schweren Last befreit.

Schon vor Wochen rief ich eine ehemalige Kollegin an, die sich nun als Gesprächstherapeutin betätigt. Eine Behandlung bei mir lehnt sie jedoch ab. Sie sei schon sehr überlastet und mir gegenüber zu wenig objektiv. Aber sie tröstet mich und gibt mir die Telefonnummer einer ihr als sehr gut bekannten Therapeutin. Da ich mit meinem Latein am Ende bin, hole ich die Nummer hervor, doch kann ich mich nicht entschließen anzurufen. Ich kann einfach nicht glauben, dass eine starke Persönlichkeit wie ich nicht in der Lage sein soll, der Angst Herr zu werden. Aus der Fachliteratur weiß ich, dass eine Behandlung oft sehr schwierig sein und lange dauern kann, doch finde ich keine konkreten Anleitungen, wie man sich am besten selbst hilft. Dazu kommt immer noch meine Skepsis, dass psychische Probleme derartige körperliche Beschwerden hervorrufen können. Dabei weisen doch zahlreiche Sprüche auf die Wirkung der Gefühle auf unseren Körper hin. Mir fallen dazu „die weichen Knie" bei Angst, das Herz, das „in die Hose fällt" und der Spruch, dass einem etwas „an die Nieren gegangen ist" ein. Dennoch zögere ich den Anruf hinaus.

5. Kapitel

Als an einem Nachmittag der Druck im Magen, der Knoten im Hals, das Schwindelgefühl bei jedem Schritt außer Haus und einige unregelmäßig auftretende Beschwerden immer unerträglicher werden, entschließe ich mich, es doch mit einer Therapie zu versuchen. Ohne viel erklären zu müssen, erhalte ich einen Termin bei Frau Doktor Brauer.

Ich kann mir unter einer Gesprächstherapie eigentlich nicht viel vorstellen, schon gar nicht, dass man damit Krankheiten heilt. Nun warte ich gespannt auf das Kommende. Vielleicht ist das der Weg zur Erlösung, auch wenn er nicht gerade billig sein wird. Bei dem Gedanken, über alles sprechen zu können, wahrscheinlich noch mit jemandem, der kompetent ist, fühle ich mich aber wohl.

Zwei Tage nach meinem Telefonat läute ich erwartungsvoll an der Wohnungstüre von Doktor Brauer. Eine junge Frau öffnet. Sie wirkt auf den ersten Blick sympathisch. Ihre legere Kleidung, ihr unkompliziert freundliches Wesen geben mir sofort ein Gefühl von Sicherheit. In einem der Zimmer bittet sie mich, Platz zu nehmen. Sie setzt sich mir gegenüber und fordert mich auf, ihr die Gründe meines Kommens etwas ausführlicher darzulegen. Wie aufgezogen erzähle ich ihr von einigen einschneidenden Erlebnissen, vom Tod meines Vaters und natürlich von meinen für mich nicht erklärbaren Ängsten und deren Auswirkungen. Frau Brauer beobachtet mich genau und hört mir, ohne mich zu unterbrechen, zu. Am Ende meiner Erläuterungen meint sie nur beiläufig, dass es sich bei mir nur um ein „Ängstlein" handle, für mich unvorstellbar, da ich mich noch nie in meinem Leben – nicht einmal bei meiner positiven Krebsdiagnose – auch nur annähernd so schlecht gefühlt habe. Vielleicht nimmt sie mich gar nicht ernst, oder versteht ihr Handwerk nicht? Möglicherweise möchte sie mich auch nur beruhigen, mich zuversichtlich stimmen. Aber ich werde ja bald wissen, ob sie für mich die so heiß ersehnte Hilfe ist. Schließlich überlässt sie mir die Entscheidung, zuerst über den Tod meines Vaters, der sicher viel zu meinem Zustand beigetragen hat, zu sprechen, oder gleich auf die Symptome meiner Angst loszugehen. Da mir letzteres akut erscheint, beschließe ich, mich damit zuerst auseinanderzusetzen.

Unter Anleitung der Therapeutin versuche ich, ein Symbol für meine Angst zu finden, wobei ich meiner Phantasie freien Raum lassen soll. Das fällt mir gar nicht leicht, denn mein Verstand hindert mich daran, meine abstrakten Gefühle nun durch etwas

Konkretes auszudrücken. Ich entscheide mich für eine Schlange, davor habe ich, wie viele andere Menschen auch, große Angst. Schlangen sind sehr leise, ihre Fortbewegung ist mir unheimlich und ich bilde mir ein, mit einem Löwen eher darüber verhandeln zu können, mich in Ruhe zu lassen. Nun ermuntert mich Doktor Brauer, mir eine Schutzvorrichtung gegen Schlangen auszudenken und diese so detailliert wie möglich zu beschreiben. Nach einigem Überlegen wähle ich einen „schlangenbisssicheren" Overall, den ich nach Anweisung der Therapeutin auch gleich anziehe. Diese Prozedur erscheint mir zunächst ziemlich lächerlich. Doktor Brauer bemerkt meine Skepsis und meint, dass die häufig geübte Vorstellung, den Overall zu tragen, mir in jenen Situationen helfen könne, in denen Angst aufzukommen droht.

Mit vielen unausgesprochenen Fragen und ziemlich zweifelnd, vor allem was den Overall betrifft, verlasse ich Doktor Brauer. Der nächste Termin ist erst in einer Woche. Folgsam ziehe ich jedoch nun jeden Morgen, gleich nach dem Aufstehen, meinen fiktiven Schlangenschutz an und in jeder Situation, die Angst hervorruft – also beinahe ununterbrochen – stelle ich mir meinen geschützten Körper vor. Tatsächlich scheint es mir besser zu gehen, zumindest manchmal verhindert meine Vorstellung einen Ausbruch von Panik. Hinderlich erscheint mir bei dieser Methode eigentlich nur, dass ich nicht so genau sagen kann, ob ich mich von etwas außerhalb meines Körpers bedroht fühle, oder ob das Ungeheuer doch tief in mir steckt.

Obwohl mein Glaube an die Wirkung dieser Therapie mit einem Fragezeichen endet, ziehe ich sie konsequent durch. Gleichzeitig suche ich aber auch nach anderen Möglichkeiten. Ich denke an Hypnose, Akupunktur, Homöopathie und sogar an Geistheiler. Schließlich rufe ich meine ehemalige Kollegin an, da ich zu Doktor

Brauer und ihrer Methode noch zu wenig Vertrauen habe. Annemarie gibt mir einige Tipps, lässt mich gleichzeitig aber auch wissen, dass kein Weg an meiner Gesprächstherapie, die auch andere Maßnahmen einschließt, vorbeiführt und alle anderen Möglichkeiten keine Alternativen sondern nur Ergänzungen sein können. Obwohl sie sich sehr kurz fasst, führt das Gespräch mit ihr dazu, dass ich zu Frau Doktor Brauer mehr Vertrauen bekomme.

Einmal pro Woche erscheine ich nun zur Therapie. Die ausführlichen Gespräche sind von vielen Tränen begleitet. Von vornherein nehme ich schon eine große Ration Taschentücher mit. Meist fahre ich anschließend erleichtert nach Hause, ausgestattet mit Verhaltensmöglichkeiten – ähnlich der dem Overall –,die zumindest manchmal wirken, ausgestattet aber auch mit neuen Erkenntnissen, die so manche festgefahrene Gedanken plötzlich aus einem anderen Blickwinkel beleuchten. Zuhause berichte ich Mario, der einerseits sehr interessiert scheint und andererseits nach wie vor mein wichtigster Gesprächspartner neben Doktor Brauer ist, von dem Erlebten. So wirklich auswirken tun sich diese Erkenntnisse auf mein Gefühlsleben aber nicht. Ich versuche daher, durch Autosuggestion etwas Positives in Gang zu bringen und sage mir so oft wie möglich: „Ich fühle mich wohl, es geht mir von Tag zu Tag besser!“ Vor allem bei monotonen Tätigkeiten wie dem Bügeln, als Beifahrer auf längeren Fahrten, beim Spazierengehen mit Sascha – auch wenn es mir sehr schlecht geht dabei – suggeriere ich mir immer wieder die selben Worte in der Hoffnung, dass sie sich so tief in mir verankern, dass mein Körper, mein Geist, meine Psyche entsprechend reagieren. Auch ersetze ich viele negative Worte durch positive und versuche, die angenehmen Dinge des Lebens mehr zu beachten. Leider verschwinden die unangenehmen Dinge bei mir dennoch nicht. Die Ausmaße meiner Angst ersticken oft schon die Ansätze jener Gedanken und

Gefühle, die ich ihr entgegenzusetzen habe. Es ist mir einfach unmöglich, mich an einem blühenden Baum zu erfreuen, wenn ich es aus Angst kaum erwarten kann, nach Hause zu flüchten. Es gelingt mir auch nicht, in einem Geschäft in Ruhe ein Kleidungsstück auszusuchen, mehrere womöglich zu probieren und dann noch an der Kassa zu warten, wenn ich schon beim Betreten eines Geschäfts so starke Schwindelgefühle habe, dass meine Augen nur noch nach einer Sitzmöglichkeit Ausschau halten. So warte ich auf den Erfolg meiner Therapie, wobei meine Geduld auf eine harte Probe gestellt wird.

Statt des Erfolgs kommt jedoch nach einigen Wochen wieder ein riesiger Schritt zurück in die Hölle. Es beginnt auf der Fahrt von Doktor Brauer zu meinem Mann, den ich vom Dienst abholen möchte. Von einer Sekunde zur anderen befällt mich auf einer stark befahrenen Straße eine unbeschreibliche Panik, vergleichbar mit dem Gefühl, mit gebrochenen Armen und Beinen in einer brennenden Scheune eingeschlossen zu sein. Verzweifelt umklammere ich das Lenkrad und verlangsame die Fahrt auf ein Minimum. Ich bin mir bewusst, dass mein Zustand in dieser Situation schreckliche Folgen haben kann, was meine Angst, obwohl kaum möglich, noch verstärkt. Hinter mir hupen bereits andere Autofahrer, die es sehr eilig zu haben scheinen. Ich werde immer panischer und halte nach einer geeigneten Parkmöglichkeit Ausschau. Dabei übersehe ich beinahe einen Fußgeher, der unmittelbar vor mir, durch mein langsames Dahinschleichen animiert, die Straße überquert. In letzter Sekunde erkenne ich die Gefahr und trete das Bremspedal durch. Mein Herz rast, als ich den Wagen endlich zum Stehen bringe. Der Fußgänger fängt an mich zu beschimpfen und hinter mir ertönt erneut ein Hupkonzert. Anscheinend halten mich alle für betrunken. Völlig überfordert fahre ich den Wagen an den rechten Fahrbahnrand. Schwindlig zum Umfallen hole ich hastig meine

Kreislauftropfen aus der Tasche, nehme sie gleich ungezählt aus dem Fläschchen zu mir, presse mich gegen den Sitz und warte auf eine möglichst rasche Wirkung. Dabei laufen die schrecklichsten Bilder, was eigentlich hätte passieren können, vor mir ab und ich weiß, dass ich nur noch zu Mario möchte. Einige Minuten lasse ich mir noch Zeit, dann starte ich den Wagen in der Hoffnung, dass mir die paar hundert Meter nichts passieren wird. Als ich schließlich mein Ziel erreiche, falle ich meinem Mann völlig erschöpft und verzweifelt um den Hals. Ich erzähle ihm einen Teil des Erlebten und schwöre, mich nie mehr hinter das Lenkrad zu setzen, solange ich diese Krankheit nicht unter Kontrolle habe.

6. Kapitel

Die nächsten Tage, es ist die Woche vor den Osterferien, fahre ich abwechselnd mit verschiedenen Kollegen in die Schule und wieder nach Hause. Einige von ihnen wohnen Gott sei Dank in meiner Nähe. Im Notfall nehme ich ein Taxi, denn Bus und Straßenbahn sind mir nicht geheuer. Seit kurzer Zeit wissen auch meine Kollegen Bescheid. Ich selbst habe es zunächst dem Stellvertreter unseres Direktors erzählt. Natürlich konnte auch er meine Gefühle nicht nachempfinden, bot mir aber spontan im Rahmen seiner Möglichkeiten Hilfe an. Mir war aber schon damit geholfen, mein drückendes Geheimnis losgeworden zu sein. Von nun an musste ich meine Tiefs nicht mehr mit aller Kraft verbergen. Die Reaktionen der anderen Kollegen sind sehr unterschiedlich. Keiner von ihnen kann sich vorstellen, was mit mir los ist. Diese Art von Krankheit scheint bis jetzt immer nur im Verborgenen existiert zu haben, zumindest solange sie nicht zu schlimm war.

Ab einer gewissen Stufe verschwanden die Betroffenen offenbar hinter Anstaltsmauern, wo nach Meinung der „Normalen“ sowieso nur Verrückte hinkommen, mit denen man besser nichts zu tun hat. Auch einige Kollegen überlegen in dieser Richtung, andere halten mich für eine Simulantin, die sich vor diversen Arbeiten drücken möchte und nur ganz wenige sind bereit, für mich derzeit Unmögliches zu übernehmen.

Am letzten Tag vor den Ferien überkommt mich nun plötzlich zum ersten Mal während einer Unterrichtsstunde eine heftige Panik, die sich nicht in den Griff kriegen lässt. Auf meinem Stuhl sitzend halte ich mich krampfhaft am Schreibtisch fest. Die Schüler verschwimmen mir vor den Augen und ich habe das Gefühl, ohnmächtig vom Stuhl zu kippen. Kreislaufmittel – meine letzte Rettung – zwingen mich, fluchtartig die Klasse zu verlassen. Ich laufe wie betrunken ins nächste Stockwerk hinauf, in die Kanzlei des Direktors, der sofort merkt, dass etwas nicht in Ordnung ist. Ich bitte ihn um ein Glas Wasser, suche nervös in meiner Tasche nach den Tropfen, schlucke sie gierig und lege mich zitternd auf die Couch. Mein Chef ist ratlos. Zum Glück beginnt soeben die Pause, sodass meine Schüler wieder unter Aufsicht stehen, was mir im Moment aber ziemlich egal ist. Ich gehe heute in keine Klasse mehr, das steht für mich fest. Ein Kollege fährt mich eine Stunde später nach Hause. Ich greife sofort zum Telefon und rufe Doktor Brauer an, im Nacken die wohl „normale“ Angst, meinen Beruf aufgeben zu müssen. Leider hat meine Therapeutin heute keine Zeit, sie tröstet mich jedoch und behauptet, dass die momentane Wetterlage schuld an meinem Schwächeanfall sei, was mich aber nicht überzeugt.

Die Ferien verbringen wir zum Teil zuhause zum Teil bei meiner Mutter. Die ganze Woche begleitet mich jedoch die Angst davor, wieder in eine Klasse gehen zu müssen. Mein Verstand sagt mir zwar, dass ich mich auf keinen Fall auch diesbezüglich unterkriegen lassen darf, die Erinnerung an das Vorgefallene gibt meiner negativen Erwartung jedoch die entsprechende Nahrung.

Mit der doppelten Ration Kreislaufmittel und viel pflanzlichen Beruhigungstropfen fährt mich Mario am ersten Tag nach den Ferien zur Schule. Im Hinterhof, wo die Fahrzeuge der Kollegen abgestellt sind, treffe ich meinen Chef. Gemeinsam steigen wir die Stufen zum zweiten Stockwerk hinauf. Mit jedem Schritt steigert sich meine Angst. Zu Boden blickend und ziemlich verkrampft gehe ich an den offenen Klassentüren vorbei. Der mir an sich vertraute Lärm der Schüler erscheint mir plötzlich ungeheuer bedrohlich. Meine Knie werden weich, und alle Kraft scheint aus meinen Beinen zu schwinden. Ich folge eilig meinem Chef in die Direktion, lasse mich auf die Couch sinken und fange an zu weinen. Eine Viertelstunde bleibt mir noch, bis der Unterricht beginnt. Der Direktor vertritt die Ansicht, dass ich mich gerade jetzt überwinden müsste und in die Klasse gehen sollte. Sicher gut gemeint, doch je mehr er auf mich einredet, umso weniger finde ich den Mut und die Kraft aufzustehen. Beim Läuten ist mein Entschluss gefasst: Ich muss wieder nach Hause.

Daheim bin ich nun einerseits erleichtert und fühle mich sicher, andererseits quäle ich mich aber mit dem Vorwurf, davongelaufen zu sein, es nicht einmal versucht zu haben, meiner Angst bei dieser entscheidenden Situation entgegenzutreten. Immer mehr wird mir bewusst, dass ich mich so auch völlig abhängig von meinem Mann und anderen Menschen mache. Ich gehe nicht einkaufen, fahre nicht mit dem Auto, besteige weder Bus noch Straßenbahn, nehme alleine kaum an gesellschaftlichen oder familiären Ereignissen teil, selbst ein kurzer Spaziergang mit Sascha im Park bereitet mir Höllenqualen und nun schaffe ich auch eine der wichtigsten Säulen meines Lebens, nämlich meinen Beruf, nicht mehr. Auf das Anraten meiner Therapeutin, zu der mich in letzter Zeit Mario begleitet, versuche ich, mich nicht mit Selbstvorwürfen zu quälen. Das fällt mir sehr schwer, da nun auch mehr und mehr Schuldgefühle gegenüber Mario und meiner Familie Platz greifen, da ich für sie sicher eine große Belastung bin.

Da mein Mann mich zu den Therapiestunden begleitet, wird er auch verstärkt in die Gespräche und Verhaltensmaßnahmen einbezogen. Wir erfahren voneinander Dinge, die wir uns sonst wahrscheinlich nie erzählt hätten, aber nicht, weil sie ein Geheimnis waren, sondern weil wir gar nicht darauf gekommen wären, darüber zu sprechen. Nun können wir uns auch zuhause besser über Probleme unterhalten und ich hoffe, dass Mario mehr Verständnis für mein Verhalten entwickelt. Doktor Brauer gibt uns viele Denkanstöße und zeigt so manchen Weg zur Problemlösung, den wir dann natürlich selbst zu gehen haben, was von der Bereitschaft des einzelnen abhängt. Auch die Hindernisse, die nun einmal jeden Weg begleiten, muss man selbst überwinden, wobei das Vertrauen in die eigene Person ein wichtiger Gefährte ist. Doch dieses Vertrauen in die eigenen Kräfte ist nicht so leicht aufzubauen, wenn man es so wie ich einmal total verloren hat.

7. Kapitel

Die nächsten Wochen verbringe ich zu Hause. In den endlosen Stunden drehen sich meine Gedanken immer wieder im Kreis. Ich fühle mich so machtlos, diese ungeheure Angst bestimmt mein ganzes Leben, unterdrückt alle anderen Gefühle und auch mein hervorragend funktionierender Verstand hat keine Chance, sich gegen sie zu behaupten. Unentwegt produziert mein Körper ohne Notwendigkeit Angstsymptome, die mich einerseits lähmen, andererseits eine unangenehm verstärkte Tätigkeit etwa meines Herzens hervorrufen. Diese Symptome ängstigen mich noch zusätzlich, das heißt, die Angst vor der Angst nimmt immer mehr Platz ein.

Um mich abzulenken zwinge ich mich an lustige Ereignisse in meinem Leben zu denken. Zunächst fällt mir gar nichts ein, besser gesagt, ich finde nichts Lustiges mehr an Erlebnissen, die mich früher zu herzlichem Lachen verführt haben. Dennoch nehme ich schließlich ein paar Zettel und einen Bleistift und beginne, solche Ereignisse aufzuschreiben.

In einem Katalog finde ich eines der wenigen Bücher, indem eine von dieser Krankheit betroffene Frau ihren Weg beschreibt. Ich bestelle ein Exemplar und lese gierig die Seiten in der Hoffnung auf ein gutes Ende. Ich fühle mit der Autorin mit und ihren innigen Wunsch, dass es nach ihrer Heilung nie mehr dunkel wird und sie nie mehr dorthin zurück muss, wo sie der Angst begegnet ist, hat wohl jeder, der einmal durch diese Hölle gegangen ist. Mir gibt das positive Ende der Lektüre wieder Hoffnung, es auch zu schaffen.

Von einer Bekannten bekomme ich ein Buch, in dem ich Anleitungen zum kreativen Visualisieren finde. Die darin beschriebenen Übungen sollen das positive Denken fördern, doch scheint mir der Weg zum Erfolg als ein ziemlich weiter. Dennoch suche ich für mich geeignete Affirmationen und suggeriere mir die kurzen Sätze, sooft ich daran denke.

Besonders interessant erscheint mir ein Sachbuch, indem auf Grundformen der Angst näher eingegangen wird. Es beschreibt zunächst das Wesen der Angst, dass sie unvermeidlich zu unserem Leben gehört und uns in immer neuen Abwandlungen von der Geburt bis zum Tod begleitet. Darüber hinaus gibt es aber auch eine Fülle individueller Ängste, die nicht typisch für bestimmte Grenzsituationen, und daher von anderen nicht nachvollziehbar sind. Es geht dabei aber immer wieder um Varianten ganz bestimmter Ängste, wobei verschiedene Persönlichkeiten unterschieden werden. Mein Verhalten weist so gesehen eher auf einen depressiven Charakter hin, der für mich im Widerspruch zu meiner früheren Persönlichkeit steht.

Für mich sind diese Bücher wichtige Begleiter auf meinem Weg. Das bessere Wissen um meine Erkrankung, Erfahrungen von Betroffenen und Therapeuten nähren teilweise meine Hoffnung auf Heilung und ermutigen mich immer wieder aktiv dazu beizutragen.

Während ich mich mit diesen Büchern beschäftige und nebenbei einige Geschichten schreibe, macht Mario bereits Pläne für den Sommerurlaub, obwohl ich weit davon entfernt bin zu glauben, dass ich in ein Flugzeug steige um in unbekannte Ferne zu reisen. Meine negativen Erwartungen verschweigend beschließen wir gemeinsam, nach Teneriffa zu fliegen.

Nachmittags besuchen mich gelegentlich Freunde und Bekannte. Mir scheint, als hätten sie sich rar gemacht in letzter Zeit. Nun ja, es weiß wohl keiner so recht, was er mit mir anfangen soll. Kein gebrochenes Bein, keine Blinddarmoperation, kein Fieber, also nichts, was eindeutig auf ein Leiden hinweist und Verständnis oder Mitgefühl hervorruft. Nur eine Frau, die etwas verkrampft wirkt, blass ist und nicht wie sonst sehr gepflegt erscheint. Kaum ein Lächeln kommt ihr über die Lippen und auch ihre sonst vor

Lebensfreude strahlenden Augen haben jeden Glanz verloren. Ihre Verzweiflung drückt sich durch häufiges Weinen aus, und völlig ratlos gibt man doch Tipps, mit denen diese so veränderte Frau anscheinend nichts anfangen kann. Nur selten findet sich jemand, der die passenden aufmunternden Worte glaubwürdig herüberbringt, dennoch freue ich mich, gelegentlich Kontakt mit Menschen zu haben, die mir früher oft sehr nahe standen.

Meine Nachbarin – sie ist seit kurzem geschieden und hat darunter sehr gelitten – erzählt mir von ihren Problemen. Martina muss jetzt wieder arbeiten und hat niemanden, der sich um ihren elfjährigen Sohn kümmert. Vor allem seine schulischen Leistungen haben in letzter Zeit stark nachgelassen. Er muss daher jeden Nachmittag zu einem Nachhilfelehrer gehen, den die derzeitige finanzielle Situation seiner Mutter nur schwer verkraftet. Wir haben schon seit Jahren ein sehr gutes, eigentlich freundschaftliches Verhältnis und Martina war bis jetzt immer für uns da, wenn wir einen Hundesitter brauchten. Nach einem Gespräch mit Mario überschlafe ich den Gedanken, Michael nachmittags in meine Obhut zu nehmen. Martina weint und Michael strahlt vor Erleichterung, als ich ihnen gleich am nächsten Tag den Vorschlag mache. Nun gibt es einiges für mich zu tun. Der Junge hat in Englisch einen großen Nachholbedarf. Auch in Deutsch und Mathematik ist ein intensives Üben notwendig. Wir sind Michael vertraut und meinen Hund hat er längst in sein Herz geschlossen. Damit ihm das viele Lernen nicht zu sehr nervt, biete ich ihm zwischendurch Abwechslung, soweit es meine Möglichkeiten derzeit zulassen.

Für meine Nachbarn scheint die Welt wenigstens teilweise wieder in Ordnung zu sein, als Martina plötzlich innerhalb einer Woche zwei lebensrettende Operationen über sich ergehen lassen muss. Anscheinend drückt sich ihre Wut, ihre Verzweiflung, all der Schmerz, den sie durch die Trennung erlitten hat, nun körperlich aus, da Martina nicht zu jenen Menschen zählt, die ihre Sorgen vor anderen zeigen, geschweige denn sich ihnen anvertrauen. Michael schluckt seinen Kummer hinunter und schweigt deprimiert. Obwohl sich sein Vater während Martinas Abwesenheit um ihn kümmert, verbringt er doch seine Nachmittage bei mir und ich bemühe mich, ihn zuversichtlich zu stimmen. Seine Konzentration beim Lernen hat jedoch einen neuerlichen Tiefpunkt erreicht.

Mein eigener Zustand bessert sich langsam. Die Spaziergänge mit Sascha dehne ich von Tag zu Tag immer um ein paar Minuten mehr aus. So weit wie möglich verzichte ich auf Psychopharmaka, nur an den Kreislauftropfen und den pflanzlichen Beruhigungsmitteln halte ich fest. Als Mario mich eines Nachmittags nach langer Zeit bittet, mit ihm in die Stadt zum Einkaufen zu fahren, genehmige ich mir eine Zusatzration Tranquilizer und genieße endlich wieder einmal ein paar angstfreie Stunden. Mein Kopf ist leicht, die Nackenmuskeln entspannt. Ohne das Gefühl des Schwindels und mit genügend Energie in den Beinen bewege ich mich wie selbstverständlich durch die Innenstadt, schaue in Auslagen und nehme meine Umgebung mit all ihren Einzelheiten wahr. Irgendwie überkommt mich dabei ein Gefühl von Beschwingtheit, das je verschwindet, als die Wirkung der Tabletten nachlässt. Einige Stunden später sind Angst und mit ihr gepaart die Verzweiflung wieder da.

Meine immer wiederkehrende Frage ist: Woher ist diese massive, unbegreifbare Angst gekommen? Auslöser war wahrscheinlich der Tod meines Vaters, doch bin ich im Lauf der Zeit immer mehr davon überzeugt, dass verdrängte Erlebnisse, möglicherweise aus meiner Kindheit, die eigentliche Ursache meiner Erkrankung ist. Viele Gespräche drehen sich darum, doch vorläufig kommt nichts Brauchbares für mich heraus. Eine Erkenntnis analysiere ich besonders genau: Vielleicht möchte ich mit der Krankheit etwas erreichen? Man bekommt ja schon als Kind wesentlich mehr Aufmerksamkeit, Liebe und Zuwendung, wenn man sich nicht wohl fühlt, und diese Erfahrung speichert das Unterbewusstsein. Ohne es zu wollen, ruft man vielleicht sein ganzes Leben mit einer Krankheit nach der Befriedigung jener ideellen Bedürfnisse, von denen man seiner Persönlichkeit entsprechend zu wenig bekommt.

Für mich ist aber auch eine weitere Rolle meines Vaters während meiner Kindheit eine Erklärung dafür, dass diese Krankheit kurz nach seinem Tod zum Ausbruch kam, war er es doch, dem ich als Kind vollkommen vertraut habe, der mich beschützt hat, ob vor Mutters strengen Worten oder vor diesem unheimlichen Mann, bei dem alle in einen gemeinsamen Raum flüchteten, wenn er wieder einmal einen seiner schizophrenen Anfälle hatte. Vati war es auch, der über einen längeren Zeitraum jeden Abend in mein Zimmer kam, wenn ich aus Angst nach ihm rief. Er schaute mit mir unters Bett, inspizierte den Kasten, und das wiederholte er geduldig so oft, bis ich völlig beruhigt eingeschlafen war. In mir scheinen nun diese lang gespeicherten Bedürfnisse plötzlich nicht mehr befriedigt zu werden und vielleicht fühlt sich das Kleinkind in mir durch den Tod meines Vaters nicht mehr geschützt und geborgen, was sich in Ängsten äußert, für die es keine aktuellen Anlässe gibt. Eine interessante Erkenntnis, leider ändert sich dadurch nichts an meinen kranken Gefühlen.

Meine Therapeutin stellt vor allem die Bedeutung einer Erkrankung für das Verlangen nach Liebe und Zuwendung in den Vordergrund. Natürlich kümmert man sich mehr um mich, wenn es mir schlecht geht, aber der Preis dafür kann doch sehr hoch sein. Ich merke aber auch, dass andere sich mit ihrer Zuwendung zu mir leichter tun, wenn es mir gut geht und nur die Allernächsten halten durch, wenn es hart auf hart kommt. Von diesen Einsichten zur Heilung meiner Gefühle scheint jedoch nur ein sehr weiter Weg zu führen, mit zahlreichen Hindernissen und Rückschlägen.

Nach einigen Wochen Krankenstand entschließe ich mich, wieder in die Schule zu gehen. Ich ersuche meine Kollegen, meine Pausenaufsichten zu übernehmen, da mir das Auf- und Abschreiten des langen Ganges ohne Sitzmöglichkeit doch zuviel Angst einjagt. Einige von ihnen reagieren sofort sehr entgegenkommend, während andere mich lieber im Krankenstand sehen, da sie dann die für mich erbrachten Leistungen bezahlt bekämen. Natürlich haben sie keine Ahnung davon, wie wichtig der Schritt in die Schule für mich ist, beinahe wie ein Schritt zurück ins Leben.

Ungeduldig erwarte ich nun den nächsten Schritt, von dem ich weder weiß, wohin er führt, noch wann er kommt. Vielleicht bringt mich der Urlaub entscheidend weiter, sofern ich mich überhaupt ins Flugzeug getraue. Nachmittags lerne ich sehr viel mit Michael. Wenn mir dann meine Hausarbeit noch Zeit lässt, verfasse ich Geschichten, die wenigstens andere zum Schmunzeln bringen sollen. Mario hat mir eine neue Schreibmaschine gekauft. Fleißig tippe ich nun die handgeschriebenen Zettel ab. Die eine oder andere Geschichte zeige ich Freunden oder Bekannten. Aufmerksam beobachte ich ihre Gesichter, während sie lesen. Ihre Augen, das Schmunzeln und manch zustimmende Bemerkung ermuntern mich weiter zu machen.

Meine Therapiestunden finden nun nur noch alle vierzehn Tage statt. Manchmal sind die Intervalle auch länger. Doktor Brauer erklärt mir stets, wie gut es mir schon gehe. Auch Mario erkennt eine wesentliche Besserung – ich weine nur noch ein- bis zweimal pro Woche. Nur ich selbst vermag nicht zu sagen, ob ich mich schlechter oder besser als vor einigen Monaten fühle. Ich beklage mich aber weniger, vor allem deshalb, um meine Umgebung nicht zu viel mit meinen Problemen zu belasten, und weil ich eingesehen habe, dass mich doch kaum jemand versteht. In gewissem Maß steckt auch eine Angst dahinter, nämlich auch jene Menschen zu verlieren, an denen ich besonders hänge – vielleicht im wahrsten Sinne des Wortes. Natürlich habe ich in der Zwischenzeit auch schon ein bisschen gelernt, mit meinen Gefühlen umzugehen.

In der letzten Schulwoche sind alle Lehrer unserer Schule bei einem Kollegen eingeladen. Ich besorge mit Werner noch einen Strauß Blumen für die Gastgeber. Auf der Terrasse ihres Hauses haben sie Bänke aufgestellt. Ich wähle meinen Platz so, dass ich einerseits nirgends hinunterfallen, andererseits aber doch jederzeit flüchten kann. Wovor nur? Alkohol konsumiere ich kaum, vielleicht verträgt er sich mit meinen Kreislauftropfen nicht. Wie üblich drehen sich die meisten Gespräche um ewig dieselben Schulprobleme. Je mehr Wein aber durch die Kehlen meiner Kollegen fließt, umso ungezwungener gibt jeder seine Meinung kund. Gott sei Dank bekommen die Aussagen schließlich auch heitere Impulse und beinahe vergesse ich meine Angst. Gegen Abend löst sich die Gesellschaft auf, bis ich schließlich mit Erich, Werner und den Gastgebern zurück bleibe. Nun habe ich die Wahl, mit einem der beiden nach Hause zu fahren, doch keiner steht dem anderen in der Höhe des Alkoholspiegels nach. Im Haus unseres Gastgebers gibt es noch kein Telefon und die nächste Telefonzelle, von der aus ich ein Taxi bestellen könnte, ist gefährliche hundert Meter auf unbekanntem Weg entfernt. Schließlich gebe ich mir einen Ruck der Verzweiflung und biete mich als Chauffeur an. Zum ersten Mal nach vielen Monaten setze ich mich hinter das Steuer, noch dazu in einem mir fremden Wagen. Den ganzen Mut zusammennehmend fahre ich etwa fünfzehn Minuten, hinter mir auf langer Strecke ein Streifenwagen der Polizei. Werner neben mir ist prächtig aufgelegt. Er plaudert lustig vor sich hin und bewundert meine Fahrkünste. Er lenkt mich so ab, dass ich schließlich gelassen und ruhig vor unserer Garageneinfahrt parke. Zuhause bin ich mächtig stolz auf mich. Sobald Mario kommt, erzähle ich ihm von meinem Abenteuer. Er ist sicher der einzige, der annähernd weiß, was diese Fahrt für mich bedeutet hat. Dennoch kann ich mich nicht dazu entschließen, auch gleich wieder mit unserem Auto zu fahren. Vor allem mein Verantwortungsgefühl anderen gegenüber hält mich davon ab.

8. Kapitel

Endlich sind die Ferien da. Am Sonntag fliegen wir nach Teneriffa. Von meinem Hausarzt besorge ich mir noch einen Vorrat an Kreislauftropfen und pflanzlichen Beruhigungsmitteln. Aber auch Tranquilizer dürfen in meinem Gepäck nicht fehlen. Am Tag des Abflugs schlucke ich um einige Tropfen mehr als sonst. Mein Kreislauf kommt in Schwung. Spürbar rast das Blut durch meinen Körper, schlägt das Herz rascher und heftiger als sonst. Ein quälender Druck in meinem Kopf, meinem Hals und meinem Magen macht sich bemerkbar. Noch ein Kaffeelöffel voll Beruhigungstropfen soll das Zuviel an Kreislaufmitteln ausgleichen. Irr, wenn ich darüber nachdenke. Auf jeden Fall möchte ich es ohne Tranquilizer versuchen.

Am Flughafen erhöht sich die Spannung für mich zum Zerreißen. Bereits etwas vor dem geplanten Abflugtermin startet die Maschine. Angeschnallt presse ich mich in meinen Sitz. Links von mir, an der Fensterseite, hat Mario Platz genommen. Ich getraue mich ohnehin nicht hinauszuschauen. Als der Pilot die Geschwindigkeit der Maschine erhöht um vom Boden abzuheben, suche ich zitternd nach Marios Hand. Lächelnd ergreift er sie und hält sie fest. Ganz wohl scheint ihm auch nicht zumute zu sein. Beim Aufsteigen des Flugzeugs spüre ich meinen Magen in der Halsgegend. Irgendwie ist es aber eine andere Art von Angst, die ich in diesem Augenblick empfinde.

Ungefähr fünf Stunden dauert der Flug. Aufmerksam beobachte ich die Gesichter der Stewardessen. Sie wisse doch am ehesten, wenn etwas nicht in Ordnung ist. Zwischendurch wage ich auch Blicke aus dem Fenster. Der spanische Pilot ist nur schwer zu verstehen. So bleiben es zum Teil nur Vermutungen, welche Landschaften sich da unter uns befinden. Beim Übergang vom afrikanischen Festland, auf dem noch deutlich sichtbar das Atlasgebirge emporragt, aufs offene Meer verhüllen plötzlich dichte Wolkenfelder die Sicht. Von oben sieht es wie eine unendlich weite Schneelandschaft aus. Beim Landeanflug auf Las Palmas durchfährt ein stechender Schmerz mein linkes Ohr. Durch intensives Gähnen versuche ich, den Druck auszugleichen. Später erfahre ich, dass Kaugummi kauen wirksamer sei. Der Schmerz im Ohr begleitet mich jedoch noch drei Tage.

Nach einem sehr kurzen Zwischenaufenthalt setzen wir den Flug nach Teneriffa fort. Beim Aufsetzen des Flugzeuges an unserem Urlaubsziel applaudieren die Fluggäste dem Kapitän für die geglückte Landung. Erleichtert wird mir nun bewusst, dass sich meine Angst in Grenzen gehalten hat. Vielleicht habe ich sie sogar über den Wolken gelassen, ein Wunschtraum, wie sich leider bald herausstellt.

Am Flughafen steigen wir in einen Transferbus, der etwa eine Stunde später vor unserem Hotel hält. Es ist seit Monaten das erste Mal, dass ich wie selbstverständlich in einen Bus gestiegen bin und mich ohne Angst eine Stunde lang chauffieren habe lassen, ein Erfolgserlebnis der besonderen Art für mich. Inzwischen ist es beinahe Mitternacht, als der Bus vor einem romantisch beleuchteten Hotel hält. Die Formalitäten sind rasch erledigt und wenig später packen wir in unserem Urlaubsdomizil das Notwendigste aus den Koffern aus und nach einer Katzenwäsche überlassen wir uns müde aber glücklich den Träumen der ersten Nacht.

Am nächsten Tag bemerke ich, dass ich meine Angst doch nicht über Bord geworfen habe. Sie ist da, will anscheinend mit mir Urlaub machen. Das exquisite Ambiente des Hotels, unser gemütliches Zimmer und die Vorfreude auf die nächsten Wochen können das unangenehme Schwindelgefühl und die wackeligen Beine, die sich beim Betreten des Frühstücksraumes bemerkbar machen, nicht mindern. Rasch suche ich einen geeigneten Platz und bitte Mario, mir ein Frühstück aus dem appetitlich angerichteten Buffet mitzubringen. Frühstück ist mir die liebste Mahlzeit am Tag und normalerweise genieße ich all jene Köstlichkeiten, die sich mir bieten, daher tut es mir besonders Leid, mich dieser angenehmen Beschäftigung nicht entsprechend lustvoll hingeben zu können.

Etwa eine Stunde später entschließen wir uns zu einer kleinen Besichtigungstour. Natürlich lenkt mich die unbekannte, faszinierend Umgebung ab. Der mit prachtvollen Pflanzen gesäumte Weg in die Innenstadt lässt immer wieder Blicke auf typisch südländische Villen zu. Langsam wird der Trubel, verursacht meist durch gut gelaunte Touristen und stärker befahrene Straßen, größer. Schließlich liegt das stürmische Meer, dem die Bewohner ein gutes Stück Schwimmoase abgewonnen haben, direkt vor uns. Maler, Musikanten, Zauberer und Straßenhändler beleben die Strandallee, Geschäfte für jede Geldbörse und zahllose Lokale prägen das Bild der Straßen und laden zum Gustieren und Verweilen ein. Dazu sorgen Golfstrom und Passatwinde für ein angenehmes Klima und vertreiben meine Befürchtungen, dass es mir vielleicht zu heiß sein könnte. Vor allem hier in Puerto de la Cruz wird Teneriffa seinem Ruf, die Insel des ewigen Frühlings zu sein, gerecht. Und das, was ich bis jetzt davon gesehen habe, macht mich schon neugierig auf das, was noch kommt. Ich nehme mir nun fest vor, diesen Urlaub zu genießen. Vielleicht vergesse ich dabei auch die Angst, wenn all die schönen Dinge mich verzaubern.

Zu diesen schönen Dingen zählt auch unser Hotel. Es befindet sich im höher gelegenen Teil der Stadt, etwas abseits des trubelhaften Zentrums. Von unserem Balkon aus haben wir einen herrlichen Blick über den zauberhaften Ort. Rechts davon ragen steile Felsen aus dem Meer, an denen sich hohe Wellen stürmisch aufbäumen, um gleich darauf wieder zurückzuweichen. In den kleinen Buchten dazwischen wirkt der schwarze Lavasand beinahe gespenstisch. Die geschmackvoll angelegten Parks mit ihrer farbenprächtigen, üppigen Vegetation vermitteln jedoch das Gefühl von einem romantisch faszinierenden Leben.

Nach dem für mich doch anstrengenden Stadtbummel genießen wir nach einem Schläfchen das teils exotische Abendessen. An der gemütlichen Bar ergeben sich anschließend rasch Gespräche mit anderen Gästen, während der Animator des Hotels sein Publikum mit lustigen Spielen bei Laune hält. Gegen Mitternacht schließen wir uns einer ausgelassenen Runde an und besuchen die umliegenden Lokale. Mario an meiner Seite gibt mir dabei die nötige Sicherheit, sodass sich meine Angst in Grenzen hält und ich das amüsante Nachtleben genießen kann.

Axel und Bärbel, ein reizendes Ehepaar aus Bremen, lernen wir nach einer Woche näher kennen. Am Swimmingpool liegen wir schon einige Zeit nebeneinander. Axel ist uns gleich aufgefallen – er sieht einem Kollegen meines Mannes verblüffend ähnlich. Wie wir später erfahren, zählt Axel zu den sicher zahlreichen Nachkommen König Barbarossas, und genau so sieht er meiner Vorstellung nach auch aus. Axel hält seine schüttere rötliche Haarpracht meist unter einem Hut versteckt. Überhaupt ist er sehr sonnenempfindlich. Größtenteils liegt er im Schatten, was seiner sommersprossigen, weißen Haut auch sicher besser bekommt. Bärbel dagegen erweist sich als professioneller Sonnenanbeter. Sie ist zwar blond, hat aber einen wesentlich dunkleren Teint. Gemeinsam ist ihnen ihr äußerst liebenswerter Humor und ich fühle mich in den Stunden, die wir gemeinsam verbringen, meist sehr wohl.

Teneriffa bietet seinen Gästen eine Fülle von Möglichkeiten, die Tage interessant, angenehm oder auch aufregend zu gestalten. Für mich stellt sich zunächst aber die Frage, was getraue ich mich und was nicht. Schließlich wage ich mich jedoch Schritt für Schritt meist ohne Tranquilizer in kleine Abenteuer: Ich gehe alleine ins Meer schwimmen, kaufe mit Mario in Boutiquen ein, nehme an einer Inselrundfahrt teil und besuche ein Variete, einen Papageienzoo und den Botanischen Garten. Leicht fällt mir das alles nicht, und zu meiner Urlaubsstimmung und Begeisterung gesellt sich einmal weniger dann wieder mehr das Gefühl lähmender oder aufwühlender Angst. Dennoch bin ich stolz, die kleinen Abenteuer anzupacken und durchzustehen. Ich glaube nicht, dass jemand bemerkt – außer Mario vielleicht –, wie viel Überwindung mich so manche Selbstverständlichkeit kostet. Nun, eigentlich glaube ich, dass nicht einmal Mario meine inneren Kämpfe wahrnimmt. Vielleicht ignoriert er sie auch ganz bewusst.

Schließlich steht noch ein Ausflug auf den Teide, dem höchsten Berg der Insel, auf dem Programm. Der mächtige Vulkan ist stolze 3.700 Meter hoch. Niemand kann mich überreden, an dieser Fahrt teilzunehmen. „Den Höhenunterschied würde mein Kreislauf nicht verkraften“, pocht es ständig in meinem Gehirn, zumal wir bereits von unserem Reisebetreuer auf diese Gefahrenquelle aufmerksam gemacht worden sind. Meine Entscheidung war darauf hin sofort getroffen. So schließt sich Mario einem deutschen Ehepaar an. Gemeinsam mieten sie einen Wagen, um nach einer Fahrt durch das Orotava-Tal den mächtigen Vulkan zu bezwingen.

Ich bleibe fast den ganzen Tag auf unserem Zimmer. Axel und Bärbel sind auch nicht da und für mich ist die Angst, alleine wegzugehen, einfach zu groß. Die Stunden vergehen sehr langsam. Ich lese und löse Kreuzworträtsel. Am späteren Nachmittag werde ich immer unruhiger. Mario müsste längst zurück sein. Ich schlukke eine größere Menge Kreislauf- und Beruhigungstropfen, ziehe mich an und begebe mich in das Terrassencafe, von dem aus ich das Eintreffen der Ausflügler am besten sehen kann. Nervös und verkrampft warte ich etwa eineinhalb Stunden. Endlich taucht vor mir die vertraute und heiß ersehnte Gestalt meines Mannes auf. Nun wird mir plötzlich bewusst, dass ich mich wesentlich mehr um ihn als um mich geängstigt habe.

Obwohl Mario ziemlich müde ist, berichtet er mir voll Begeisterung von der bizarren Landschaft des Riesenkraters, aus dem sich majestätisch der eigentliche Berg erhebt, dessen Spitze als das Dach des spanischen Territoriums gilt. Mehrfach bedauert Mario während des Erzählens, dass ich an dieser Fahrt nicht teilgenommen habe, und ich ärgere mich darüber, dass meine Angst ein gemeinsames Erleben verhindert hat. Ich habe aber auch Schuldgefühle gegenüber Mario, der von Anfang an nicht verstand, warum ich mir so etwas entgehen lasse.

9. Kapitel

Vom Urlaub zurück überrollt mich die Erwartung meiner Angehörigen und Freunde, dass die Reise meine Ängste beseitigt habe. Aber wie zum Trotz reagiert mein Körper genau gegenteilig. An manchen Tagen sind meine Beschwerden stärker als in den Wochen vor dem Urlaub, und die Angst vor einer Panikattacke ist ständig präsent. Ich stehe dem Ganzen hilflos gegenüber und stelle mir die Frage: Wann lässt mich diese Angst endlich los?

Ein Gespräch mit meiner Therapeutin hilft mir, doch wieder an eine Besserung zu glauben. Sie erinnert mich anhand ihrer Aufzeichnungen an meine Fortschritte und meint, dass ich im Vergleich zu anderen Patienten doch relativ rasch vorwärts käme. Mir dauert es aber trotzdem schon zu lange. Immer stärker wird mein Bedürfnis, nach weiteren Möglichkeiten zu suchen, die meine Heilung beschleunigen. In einem Buch lese ich über Autogenes Training und beschließe, an einem entsprechenden Kurs teilzunehmen. Auch Mario kann ich dafür begeistern. Meinen Informationen nach, kann diese Methode eine ganz allgemeine Lebenshilfe sein, wobei das Ziel die Erreichung völliger Entspannung sowie die Beherrschung jener Körperfunktionen ist, die sich unserem bewussten Einfluss entziehen. Auch die seelische Haltung, also etwa meine Ängste, ließe sich durch eine Art Selbsthypnose steuern beziehungsweise ändern. Die ausführliche Beschreibung dieser Methode weckt starke Hoffnungen in mir, ist mir doch von Sportlern bekannt, dass sie unter anderem durch mentales Training ihre Leistungen verbessern. Und auch meine Kenntnisse über die Wirkung von Werbung lassen meinen Glauben an die Hilfe dieser Art wachsen.

Bereits zwei Wochen später sitzen Mario und ich gemeinsam mit sechs anderen Personen im Ordinationsraum eines Psychiaters, der uns zunächst auffordert, unsere Erwartungen von diesem Training zu formulieren. Anschließend erläutert der Arzt die Möglichkeiten und Grenzen dieser Methode, dann beginnen wir mit der ersten Übung. Jeder von uns nimmt eine möglichst bequeme Haltung ein. Die fachlichen Anleitungen von Doktor Fink sind dabei sehr hilfreich. Mit geschlossenen Augen versuchen wir nun, die vom Arzt vorgesprochenen Formeln auf uns wirken zu lassen, um sie sich schließlich selbst im Geiste vorzusagen. Die Stunde geht rasch vorbei und mit der eindringlichen Bitte des Arztes, auch wirklich täglich mindestens zweimal zu üben, fahren wir nach Hause.

Nach sieben Wochen ist der Kurs zu Ende. In sieben Stunden haben wir in kleinen Schritten einen Weg zur Selbsthypnose kennen gelernt. Natürlich beherrscht kaum jemand nach dieser Zeit und trotz eifrigen Trainings die Technik. Manchmal gelingt es mir aber schon, in meinem Körper das Gefühl der Schwere oder Wärme durch Suggestion hervorzurufen. Häufig schlafe ich jedoch zwischendurch kurz ein, sodass das Üben für mich tagsüber oft zeitraubend ist, vor allem, da ich wieder meinem Beruf nachgehe und am Nachmittag Michaels Hausübungen kontrolliere und ihn beim Lernen begleite. Dennoch kann ich eine gewisse beruhigende Wirkung meines Trainings nicht leugnen. Es kommt mir vor, als schlafe ich wesentlich tiefer, wenn ich vor dem Einschlafen die Formeln durchgehe. Morgens stehe ich jedenfalls leichter auf und fühle mich einfach ausgeruhter. Sicher kann man nach so kurzer Zeit noch keine Wunder erwarten. Geduld – nicht gerade meine große Stärke – ist auch hier eine notwendige Voraussetzung, um ans Ziel zu gelangen.

Eher selten, meistens wenn ich mich besonders schlecht fühle, melde ich mich bei meiner Therapeutin. Nach den Gesprächen geht es mir wieder besser, was meinen teuren Griff in die Geldbörse einigermaßen rechtfertigt. Gelegentlich gönne ich mir einen angenehmen Nachmittag, schlucke einen Tranquilizer und wenn auch sonst alles passt, lasse ich mich auf Aktivitäten ein, die für die meisten Menschen selbstverständlich und alltäglich sind.

Mit Mario, der neben seinem Beruf vor kurzem die Matura erfolgreich absolviert hat und nun auch noch ein Jus-Studium bewältigen möchte, habe ich in letzter Zeit manchmal Krach. Er hat große Prüfungen vor sich, und drängt mich, wieder selbst einkaufen zu gehen. Das bringt mich in ein ziemlich schlimmes Dilemma, zählt doch diese Tätigkeit zu jenen, die am stärksten von Angst besetzt sind. Um wenigstens guten Willen zu zeigen, wage ich es, eher spontan als lange überlegt, kleine Besorgungen zu machen. Vor dem Betreten einer Apotheke, einer Trafik oder Bäckerei vergewissere ich mich mit einem Blick durch das Fenster, ob ich gleich bedient werde, kaum andere Kunden mich aufhalten können und der Ausgang deutlich sichtbar und rasch zu erreichen ist. Ich kann mir aber nicht vorstellen, dass ich je wieder einen Supermarkt betrete. Auch vor dem Autofahren drücke ich mich nach wie vor. Doch das ist mittlerweile schon besonders lästig für mich. Da ich ja weder Bus noch Straßenbahn besteige, bin ich bei längeren Strecken also stets darauf angewiesen, chauffiert zu werden. Häufig fahre ich auch mit dem Taxi, was vor allem meiner Geldbörse Erleichterung verschafft.

Als ich mich an einem Nachmittag recht wohl fühle, beschließe ich, das Steuer am Nachhauseweg selbst in die Hand zu nehmen. Mario sitzt neben mir und kann im Notfall eingreifen, was mir die nötige Sicherheit bei diesem Schritt zurück zur Selbständigkeit gibt. Ohne Probleme parke ich nach etwa zwanzig Minuten Fahrt den Wagen in der Tiefgarage und ziehe erleichtert und stolz den Schlüssel aus dem Zündschloss. Kaum jemand kann sich vorstellen, was das für mich bedeutet. Es ist tausendmal schöner für mich, als die Bewältigung meiner ersten Fahrt in der Fahrschule. Es gibt mir einfach das Gefühl, wieder etwas alleine zu schaffen, nicht stets auf jemanden angewiesen zu sein.

Bereits am nächsten Morgen fahre ich selbst zur Schule. Einige Kollegen nehmen das mit netten Bemerkungen zur Kenntnis. Tag für Tag bekomme ich nun wieder mehr Routine beim Fahren und bin überzeugt, zu allen Betrieben in der berufspraktischen Woche, in der meine Schüler in zahlreichen Betrieben unserer Stadt in die Arbeitswelt hineinschnuppern, alleine mit dem Auto fahren zu können. Doch es kommt wieder einmal anders. Genau an unserem siebenten Hochzeitstag hat Mario eine blechintensive Begegnung mit einem anderen Fahrzeug. Gott sei Dank ist keinem der beiden Lenker etwas passiert. Unseren Wagen sind wir allerdings für die nächsten vier Wochen los. Gerade jetzt bin ich aber auf ein Auto angewiesen, um meine Schüler in den Betrieben betreuen zu können. Martina ist meine Rettung. Sie bietet mir spontan an, ihren Wagen zu benutzen. Zu dem alten, klapprigen

Gefährt habe ich jedoch kein Vertrauen. An drei Tagen spielt Mario daher den Chauffeur, denn mich kostet das Betreten mancher Firmen bereits ungeheure Überwindung. Vor allem größere Geschäfte, geräumige Hallen und Orte, an denen viel Lärm herrscht, lösen bei mir enorme Angst mit Schwindelgefühlen aus. Meist verlasse ich nach wenigen Minuten fluchtartig die Betriebe, bemüht, dabei nicht unhöflich zu erscheinen.

Als ich Doktor Brauer von meinen Höllenqualen erzähle, tröstet sie mich, indem sie mir erklärt, dass es doch schon ein Fortschritt sei, diese Lokalitäten überhaupt betreten zu haben. Ich sehe das nicht so, denn meine negativen Erfahrungen ermutigen mich nicht gerade, weitere Schritte in dieser Richtung zu wagen. Auch mit meiner Geduld bin ich nun langsam am Ende. Mir dauert das Ganze schon viel zu lange und wenn ich das Gefühl habe, auf dem Weg der Besserung zu sein, erwischt es mich plötzlich wieder, wobei es mir schwer fällt zu sagen, ob es mir im Durchschnitt besser oder schlechter geht als vor vielen Monaten, habe ich doch keine Sekunde das Gefühl, frei von Angst zu sein. Freilich sehe ich auch Fortschritte: Ich gehe mit meinem Hund in den Park, erfülle meine beruflichen Pflichten, fahre wieder mit dem Auto und erledige kleine Besorgungen. Für ein erfülltes Leben fehlen mir allerdings Dinge, die andere wahrscheinlich als lächerliche Nebensächlichkeiten abtun. Doch wie gerne würde ich ungezwungen einen Stadtbummel machen, ins Schwimmbad gehen, Ausflüge unternehmen, am Abend ein Casino besuchen, eine Operette ansehen oder ein feines Essen in einem gemütlichen Lokal genießen, kurz gesagt, an den Freuden des Lebens teilhaben. Sicher fühle ich mich einigermaßen jedoch nur daheim. Alle angenehmen Aktivitäten, natürlich auch alle anderen außer Haus zwingen mich zur Einnahme von teilweise starken Beruhigungsmitteln, um mein Tun bewältigen, vielleicht auch ein bisschen genießen zu können, denn auch mit einer vertretbaren Dosis Tabletten sitzt irgendwie die Angst im Nacken, ganz abgesehen von diversen Nebenwirkungen, vor allem der Suchtgefahr.

Auch Mario drängt nicht besonders zu solchen Aktivitäten, die er zwar sehr schätzt, doch sein Studium neben seinem Beruf lässt ihm nur wenig Zeit dazu. Manchmal führen Gespräche über dieses Thema dann auch zum Streit, da Mario meiner Inaktivität die alleinige Schuld an unserem derzeitigen Dahinleben gibt. Immer weniger ist er bereit, auf meine Situation Rücksicht zu nehmen. Vielleicht glaubt er, mich auf diese Art zu zwingen, selbst wieder mehr Initiative zu ergreifen. Je weniger er mir aber beisteht und Schuld zuweist, umso schlechter fühle ich mich, was ich mich ihm aber nicht zu zeigen getraue. Wenn Mario eine größere Prüfung vor sich hat, spüre ich die manchmal unausgesprochenen Vorwürfe besonders stark. Meine Verzweiflung nimmt dann zu, meine Hilflosigkeit der Krankheit gegenüber wird mir schmerzlich bewusst. Mein häufiges Weinen empfindet Mario als lästige Störung jener Zeit, in der er eigentlich Ruhe und ein entspanntes Klima benötigt, um sich auf seine Prüfungen vorbereiten zu können. Natürlich gibt er insgeheim mir die Schuld, wenn so eine Prüfung einmal daneben geht, was wiederum zu neuen Spannungen führt.

Auch das von mir konsequent durchgeführte autogene Training scheint machtlos meinen Ängsten gegenüberzustehen und ich suche und suche nach Möglichkeiten, mein Problem zu lösen. Im Moment erscheinen mir auch meine Gespräche mit Doktor Brauer nicht weiter hilfreich. Irgendwie bin ich an einem Punkt angelangt, von dem aus ich nicht weiterkomme, mich eigentlich im Kreis drehe. Das Wissen, alle möglichen Ursachen ausführlich durchgekaut zu haben, dabei auf keinen „grünen Zweig" gekommen und schon gar nicht geheilt zu sein, bringt mich häufig zur Verzweiflung. Auch eine ganze Palette an Verhaltensmaßnahmen, die ich jeweils mit einiger Ausdauer praktiziert habe, hielt nicht, was ich mir davon versprochen habe.

So weit wie möglich versuche ich, meine Umgebung über mein wahres Befinden hinwegzutäuschen. Schließlich muss ich ja schon allen auf die Nerven gehen, wenn ich mit meinem Verhalten auf meine Probleme aufmerksam mache. Verstehen kann es anscheinend ohnehin niemand und das Drängen mit dem sicher gut gemeinten Ratschlag: „Du musst dich nur überwinden, reiß dich halt zusammen!", klingt eher wie ein Vorwurf, der besagt, dass ich mich wahrscheinlich nur gehen lasse und nichts dazu tue, um die Situation zu verbessern. Man kann sich aber nicht einfach „zusammenreißen", die Macht der Angst ist so groß, dass sie jedes andere Gefühl nahezu ausschaltet. Sie beherrscht meine Gedanken und bestimmt all mein Tun. So gesehen habe ich keine Angst, sondern ich bestehe nur noch aus Angst, ich bin Angst und je mehr ich versuche, dem entgegenzuwirken, umso härter scheint sie mich zu packen.

Dass sich viele meiner Bekannten und Freunde kaum noch blikken lassen, dass ich meinen Angehörigen große Sorgen bereite und Mario zusätzlich noch ein schwerer Klotz am Bein bin, führt oft zu einem Gefühl von Einsamkeit. Über viele körperliche Beschwerden verliere ich kein Wort und Erklärungen, die ich ohnehin nicht abgeben kann, erspare ich mir ganz, da keiner meiner Gesprächspartner auch nur annähernd nachvollziehen kann, was sich in meinem Innersten abspielt. Da auch keiner weiß, wie er sich mir gegenüber verhalten soll, kämpfe ich alleine. Das kostet mich sehr viel Kraft. Aber ich hoffe, eines Tages all jenen, die mich wirklich gerne haben, und versucht haben, mir zu helfen, strahlend gegenüberzutreten und zu verkünden: „Ich habe es geschafft, ich habe die Angst endgültig besiegt!"

10. Kapitel

Die einzigen Partner, von denen ich derzeit Hilfe erwarte, sind Bücher. Fachliteratur finde ich in großen Mengen, doch meist ist sie zu fachlich und außerdem von Menschen geschrieben, die dieses Phänomen selbst nicht durchlebt haben. Der eine oder andere Denkanstoß ist für mich aber recht brauchbar. Schwierig gestaltet sich die Suche nach Büchern von Menschen, die diesen Weg durch die Hölle selbst gegangen sind und ihr Problem bereits gelöst haben. Das würde mich und andere Leidensgenossen wahrscheinlich eher ermutigen, es gegen die anscheinend unbesiegbare Krankheit aufzunehmen und das Licht am Ende dieses Tunnels als realistisches, erreichbares Ziel anzustreben. Vielleicht zeigt auch der Heilungsweg von Betroffenen eigene Möglichkeiten auf. Diese Vorstellungen bringen mich auf die Idee, mein eigenes Buch zu schreiben, und es soll erst zu Ende sein, wenn ich keine irrationale Angst mehr empfinde. Hoffentlich wird es kein mehrbändiges Werk!

Mein Vorhaben setze ich gleich in die Tat um. Doch schon die ersten Seiten, in denen ich über den Tod meines Vaters berichte, berühren mich zutiefst. Ich bemerke, dass ich die schrecklichen Wochen vor seinem Ableben besonders kurz fasse. Zu sehr belastet mich noch die Erinnerung daran. Vor allem seine flehenden, Hilfe suchenden Blicke verfolgen mich bis spät in die Nacht hinein und begleiten meine Träume. Schließlich löst ein Albtraum neuerlich massive Ängste bei mir aus. In diesem Traum erlebe ich intensiv das Begräbnis meines Vaters. Doch hinter dem blumengeschmückten Sarg trägt man noch einen, nämlich meinen. Als man uns vor den offenen Gräbern abstellt, stehe ich plötzlich auf und protestiere heftig und verzweifelt gegen meine Beisetzung. Einige der umstehenden Menschen beginnen, mich zu beschimpfen und sind der Meinung, dass die bereits vorgenommenen Ausgrabungsarbeiten nicht umsonst sein sollen. Außerdem könne man sich so kurz vor der Beerdigung nicht mehr davonschleichen. Ich rufe um Hilfe, als mein Vater sich ebenfalls aus seinem Sarg erhebt. Mit fester Stimme erklärt er den mir unbekannten Personen, dass es entschieden genug sei, wenn er in das dunkle, feuchte Grab komme. Nun entsteht ein heftiger Streit. Alle schreien sich gegenseitig an. Auch ich schreie und wache dadurch auf.

Zwei, drei Tage verfolgt mich nun diese Szene. Schließlich rufe ich Doktor Brauer an und bitte um einen Termin. In der Gesprächsstunde lässt sie mich den Traum spontan weiter erzählen, und ohne viel nachzudenken höre ich mich sagen: „Mein Vater setzt sich durch. Seine Argumente sind so stark, dass man mich nach Hause gehen lässt." Doktor Brauer gibt keinen Kommentar, sondern fordert mich auf, selbst Schlüsse aus dem Erzählten zu ziehen. Für mich erscheint es besonders wichtig, dass ich mich fürs Leben entschieden habe, mir wird aber einmal mehr bewusst, dass ich über den Verlust meines Vaters immer noch nicht hinweggekommen bin. Wie weit sein Tod und damit mein Verlust bei meiner Erkrankung eine Rolle spielen, vermag ich jedoch nach wie vor nicht zu beurteilen. Dass mich in diesem Traum wiederum mein Vater vor einem schrecklichen Schicksal bewahrt hat, gibt mir natürlich zu denken. Seine überragende Rolle als Beschützer in meiner Kindheit scheint stark manifestiert zu sein: Er ist da, wenn ich Angst habe! Irgendwie scheint sich diese kindliche Vorstellung mit der Realität nicht vereinbaren zu lassen, da das Wissen von seinem Tod sich ebenfalls in mir einen entsprechenden Platz sucht.

Spreche ich in meinen Therapiestunden über meinen Vater, fließen viele Tränen. Mir war, so lange er lebte, gar nicht bewusst, wie wichtig er mir war. Auch sonst beschäftige ich mich gedanklich mit seinem Einfluss auf meine Entwicklung, mit seiner Rolle in unserer Familie und welche Möglichkeit ich habe, seinen Tod zu akzeptieren ohne weiter darunter zu leiden. Ich möchte ihm einen festen Platz in meinem Herzen geben, sodass er auch weiterhin bei mir ist. Vielleicht kann er von da aus das kleine ängstliche Kind in mir beschützen und die erwachsene Frau erwachsen sein lassen. Von seiner realen Anwesenheit heißt es aber Abschied nehmen und dabei hilft mir wieder ein sehr intensiv erlebter Traum: Ich erlebe meinen Vater dabei in unserem Hotelzimmer in Teneriffa, dem Urlaubsziel, das ihn zu Lebzeiten am häufigsten angezogen hat und ein besonderes Strahlen seiner Augen hervorrief, wenn er davon erzählte. In meinem Traum liegt er in einer Ecke und blickt mich mit Hilfe suchenden Augen an. Er streckt mir einen Arm entgegen und als ich seine Hand ergreife, fleht er mich mit leiser Stimme an: „Ich möchte hier bleiben." Wortlos nehme ich eine Dekke – es ist dieselbe, in die man mich als Baby gewickelt hat, wenn mir kalt war. Mit großer Anstrengung, doch sehr behutsam lege ich den müden Körper meines Vaters darauf, der mir unaufhörlich dafür dankt. Die Enden der Decke binde ich zu einem Knoten, an dem ich Vati aus dem Hotel zu den Nahe liegenden Felsen schleppe. Mit einem zärtlichen Kuss verabschiede ich mich von ihm und lasse seinen Körper in die Tiefe fallen. Ein letzter Blick von ihm dringt tief in mein Herz, dann verschlingen ihn die gewaltigen Wellen der stürmischen See und reißen ihn mit sich fort.

Als ich schweißgebadet aufwache, quälen mich zunächst Schuldgefühle, weil ich meinen Vater nicht zum Leben überredet, sondern ihn einfach seinem Schicksal überlassen habe. Den ganzen Tag über lässt mich dieser Traum nicht los. Auch die Methode des Weitererzählens funktioniert hier nicht, schließt der Traum doch das Ende bereits mit ein. Erst vor dem Einschlafen gelingt es mir mein Tun von einer anderen Seite zu sehen: Ich konnte ihm nicht mehr helfen, ich konnte ihm nur seinen letzten Wunsch erfüllen. Je mehr ich mich mit dieser Vorstellung auseinandersetze, umso leichter fällt es mir plötzlich, über ihn zu sprechen. Ich denke nicht mehr so oft an die schrecklichen Wochen vor seinem Tod, die schönen Erlebnisse mit ihm in meiner Kindheit treten mehr und mehr in den Vordergrund. Ein großes Stück Trauerarbeit scheint damit geleistet zu sein, auch wenn ich Vati noch immer lieber bei mir hätte.

Großen Raum in meiner Therapie nehmen auch die Gespräche über die Beziehung zu meiner Mutter ein. In meiner Kindheit war sie diejenige, die sich um mein leibliches Wohl gekümmert hat. Leider konnte sie mich mit ihren Kochkünsten nicht so beeindrucken wie den Rest der Familie, da meine Bedürfnisse hinsichtlich der Mengen nur sehr bescheiden waren. Sie sorgte aber stets für saubere Kleidung, überwachte meine Hausaufgaben und gab auch sonst vor, was erlaubt und was nicht erlaubt war. Natürlich führte das häufig auch zu Streitereien, vor allem, weil die Begründung von Verboten, sofern es überhaupt eine gab, für mich oft nicht nachvollziehbar war. Heute weiß ich, dass vieles davon nur aus einer Angst heraus entstand, von der sie ihr ganzes Leben mehr als genug geplagt war. Offensichtlich habe ich eine Portion an Genen davon abbekommen. Im Unterschied zu mir leidet sie aber nicht an diesem Übermaß, sondern empfindet es als einen zu ihr gehörigen Wesenszug und kann sich gar nicht vorstellen, dass man sich wesentlich sorgloser auf das Leben einlassen kann. Mir ist dieses Übermaß an Angst eher fremd, außerdem hat sie bei mir eine Dimension angenommen, die mein Leben massiv einschränkt und von zahlreichen körperlichen Beschwerden begleitet ist.

Mutti sieht immer „schwarz“, sie trauert von einem Todesfall zum nächsten und bei jedem Schicksalsschlag, auch wenn er sie kaum betrifft, fühlt sie sich in ihrer Erwartung von etwas Negativem bestätigt. Sie tut sich schwer, das Schöne, Angenehme, Freudvolle, oder Positive wahrzunehmen und ihre Sprache ist voll negativer Worte. Allerdings lässt sie sich gerne mitreißen, dann kann man mit ihr auch einiges unternehmen und sie zum Lachen bringen.

In erster Linie leidet sie aber: weil ich sie zu selten besuche, weil ich krank bin, weil sie alleine ist, vielleicht auch nur daran, weil das Wetter nicht ihren Wünschen entspricht. Ob sie ihr Leid nun durch Worte oder Tränen ausdrückt, oder ob ihre Stimme, ihr Gesichtsausdruck mir sagen, dass es ihr schlecht geht, immer und immer wieder ruft sie damit Schuldgefühle hervor. Ein uraltes Verhaltensmuster, denn als Kind hörte ich oft, dass es die Schuld von uns Kindern sei, wenn sie etwa Krach mit Vati hatte, viel zu viel arbeiten musste, nervös war, oder gar nicht schlafen konnte. Und wir mussten brav sein – was bedeutete, ihren Vorstellungen zu entsprechen –, denn nur dann gehe es ihr gut. Alles perfekt in mir bis heute gespeichert. So komme ich immer wieder in ein Dilemma. Einerseits habe ich Schuldgefühle, andererseits zieht sie mich mit ihrer Negativität noch mehr in eine depressive Stimmung hinein, die mir den kleinen Rest an Wohlbefinden raubt.

Im Laufe meiner Therapie erkenne ich, dass Mutti uns mit ihrem permanenten „Leiden“ ganz schön unter Druck hält. Bewusst oder unbewusst versucht sie auf diese Art uns an sich zu binden. Doktor Brauer hilft mir nun dabei, diese Macht meiner Mutter an mir abprallen zu lassen. Ich versuche, ihr die Verantwortung für ihr Leben zu überlassen. Ändern kann ich meine Mutter wahrscheinlich nicht mehr, zu festgefahren ist ihr Verhalten, doch bemühe ich mich die Fesseln zu lösen und eine gewisse Distanz zu erlangen, bis ihre Nähe mein Wohlbefinden nicht mehr beeinträchtigt. Dieser Loslösungsprozess läuft in mehreren Phasen ab. Teilweise hasse ich Mutti für ihre Art und das daraus resultierende Verhalten, manchmal bin ich auch davon überzeugt, dass sie alleine an meiner Krankheit schuld ist.

Für ein ehrliches, offenes Gespräch mit ihr fehlt es mir vor allem an Mut. Wahrscheinlich könnte ich meine Emotionen nicht im Zaum halten. Ich will sie aber nicht zu sehr verletzen und ich glaube, dass die Scherben, die so eine Konfrontation mit sich bringen würde, auch nicht mehr zu kitten wären. Mein Kopf sagt mir, dass meine Mutter nicht verstehen würde, warum ihre Verhaltensweisen teilweise falsch gewesen sein könnten, ist sie doch absolut davon überzeugt, dass sie ihr Bestes gegeben hat. Das glaube ich ihr sogar, nur war ihr Bestes nicht immer das meine. Erst einige Jahre später begreife ich, dass sie nicht anders konnte. Sie ist wie alle Menschen eben ein Produkt ihres Wesens kombiniert mit ihrer Erziehung, der Vorbildwirkung ihrer Umgebung und den teilweise grauenhaften Ereignissen während des Krieges, der ihr ihren ersten Mann, ihre große Liebe, nahm. So gesehen ist sie also nicht nur „Täter“, sondern auch „Opfer“, wobei sie letztere Rolle stets besonders hervorhebt. Mutti hat natürlich nicht nur negative Eigenschaften. Zugute halten muss man ihr, dass sie für ihre Familie immer da war. In allen möglichen Situationen hat sie mir ihre Hilfe angeboten und sie würde sicher ihr Letztes geben, wenn eines ihrer Kinder diese Hilfe benötigt.

Trotzdem ist es für mich aber wichtig, all meine Vorwürfe hinauszuschreien, vor allem alte Verhaltensmuster, durch die man sich ständig im Kreis dreht, auszuschalten und sie durch neue, für alle akzeptable zu ersetzen. Ein schwieriges Vorhaben, wie ich bald bemerke. Ich befolge den Rat meiner Therapeutin und verwende fürs erste die „Polstermethode". Dabei ziehe ich mich, möglichst wenn ich alleine bin, in einen Raum zurück, lege das Polster vor mich hin und versuche mir vorzustellen, dass es meine Mutter darstellt. Nun beginne ich, zunächst ruhig mit ihr zu sprechen. Langsam werde ich dabei lauter, schreie sie an und bei entsprechenden Themen trommele ich mit aller Kraft auf das hilflose Etwas ein. Große Mengen angestauter Wut und hinuntergeschluckter Verletzungen lösen sich aus meinem Innersten. Mein Verstand und die doch vorhandene Liebe zu meiner Mutter halten meine Aggressionen aber einigermaßen im Zaum. Diese Methode schafft meistens Erleichterung, denn ohne jemandem weh zu tun, lasse ich jene Dinge aus mir heraus, die mich schon lange bedrücken. Dass ich meine Mutter dennoch selten besuche, erzeugt nach wie vor Schuldgefühle. Diese drücken aber nicht mehr so stark. Leider nehme ich oft meine Krankheit als Begründung, womit ich bei meiner Mutter auf Verständnis stoße und ich denke, dass ich damit nicht wirklich lüge.

Mehrmals spreche ich mit meiner Mutter über die möglichen Ursachen meiner Erkrankung. Natürlich bemühe ich mich dabei, so schonend wie möglich vorzugehen, was mir nicht immer gelingt. So manch harten Vorwurf kann ich ihr nicht ersparen. Doch sie zeigt einerseits großes Interesse daran, andererseits kann sie mir Antworten auf einige Fragen zu meiner Kindheit geben, in der ich am ehesten die Ursache meiner Krankheit vermute.

Bei einem dieser Gespräche versuchen wir zu ergründen, warum ich als Kleinkind so große Angst hatte, wenn ich abends alleine in meinem Zimmer war und eigentlich hätte schlafen sollen. In dem Gespräch erkenne ich besonders deutlich, wie sehr ich mich vor dem Sohn der Hausbesitzerin gefürchtet habe. In meiner Erinnerung war Karl ein besonders großer Mann, der oft auch in der Dunkelheit durch die Gänge schlich und plötzlich vor mir stand. Er war mir sehr unheimlich und ich habe mitbekommen, dass sich eigentlich alle vor ihm fürchteten. Karl litt an Schizophrenie. Bei seinen Anfällen war er äußerst aggressiv, warf schwere Gegenstände mit enormer Kraft meterweit, verprügelte in brutalster Weise seine Mutter, zerstörte Einrichtungsgegenstände und tobte so heftig, dass man mindesten fünf Polizisten benötigte, um ihn zu bändigen. Danach landete er stets in einer Nervenheilanstalt, aus der ihn seine Mutter aber immer wieder nach Hause holte. Während meine Mutter mit mir schwanger war, bekam sie von ihm Ohrfeigen und einmal verfolgte er sie mit einem großen Küchenmesser. Die damalige Familiensituation ließ aber einen Umzug nicht zu. Als ich drei Jahre alt war, erlebte ich einen besonders heftigen Ausbruch des von mir ohnehin gefürchteten Menschen mit. Meine gesamte Familie – insgesamt neun Personen – saß in unserer Wohnküche, als wir ein entsetzliches Schreien hörten. Karls Mutter rief um Hilfe. Dem Lärm nach flogen wieder Gegenstände und die brüllenden Laute des Kranken unterbrachen für Augenblicke das Geschrei seiner Mutter. Plötzlich verstummte die weibliche Stimme, eine Tür fiel heftig ins Schloss und vom Gang her dröhnte die Stimme Karls, der unbedingt wollte, dass meine Mutter zu ihm kam. Wir hatten noch kein eigenes Telefon, um Hilfe zu rufen und den einzigen Fluchtweg versperrte der außer sich geratene Mann. Wir hatten keine andere Möglichkeit, als uns zu verbarrikadieren und auf Hilfe zu warten. Wie angewurzelt saßen wir da und getrauten uns kaum zu flüstern. Ich saß auf Vatis Schoß, wusste natürlich nicht, was eigentlich los war, spürte aber stark auch die Angst meines wichtigsten Beschützers. Schließlich entleerte sich meine Blase über Vatis Hose.

Als ich mir diese Situation vergegenwärtige, kann ich mir gut vorstellen, immer Angst gehabt zu haben, wenn ich alleine war. Hat die Angst vor diesem Mann nun noch einmal ein Ventil gefunden, um nach außen zu kommen und vor allem, wie soll ich ihr entgegentreten?

11. Kapitel

Obwohl ich meine Vergangenheit, vor allem ihren negativen Teil ausführlich analysiert und damit mögliche Ursachen meiner Erkrankung erkannt habe, lässt eine Besserung auf sich warten. Allerdings stelle ich fest, dass meine Seele schon eine ganze Menge Verletzungen abgekriegt hat. Manche davon sind, wie etwa mein Kinderwunsch, noch immer nicht verheilt und ein paar Wunden brechen immer wieder auf. In einigen Fällen ist es mir aber gelungen, meine Sichtweise oder mein Verhalten so zu ändern, dass die Narben zwar vorhanden sind, doch keinen Schmerz mehr verursachen.

Am Schreiben meiner lustigen Alltagsgeschichten finde ich großen Gefallen, und ich schreibe darauf los, sobald die Erinnerung an einen entsprechenden Vorfall auftaucht. Kurz vor Weihnachten blicke ich auf eine stattliche Anzahl von Erzählungen. Da Mario auf persönliche Geschenke besonders Wert legt, lasse ich die

Seiten zu einem Buch in grünes Leder binden. Auf die erste Seite schreibe ich noch eine Widmung, die meinen innigsten Dank für seine Hilfe während der letzten Monate zum Inhalt hat. Gespannt warte ich auf seinen Gesichtsausdruck, als er das Buch auspackt. Trotz seinem Lächeln vermag ich aber nicht zu sagen, ob er sich darüber so freut, wie ich es mir von Herzen wünsche.

Während der Wintermonate hoffe ich, dass mir das Frühjahr den heiß ersehnten seelischen Auftrieb verschafft. Doch nun ist es bereits Sommer und ich verspüre keine wesentlichen Fortschritte.

Bärbel und Axel verbringen ihren Urlaub heuer in Tunesien. Das ganze Jahr über waren wir brieflich in Kontakt. Nun haben auch wir unseren Urlaub im Nachbarhotel der beiden gebucht. Es soll eine Überraschung werden, und die ist uns auch wirklich geglückt.

Viele Wochen vorher freue ich mich schon auf diesen Urlaub. Um auch den Flug genießen zu können, schlucke ich Tranquilizer. Die Aufregung lässt mein Herz aber dennoch heftig pochen.

Bei der Ankunft in Monastier am frühen Vormittag schlägt uns eine feuchte Hitze entgegen. Mein Beruhigungsmittel wirkt noch, und die Angst vor einem Kollaps hält sich in Grenzen. Ein Bus bringt uns nach Sousse, in ein Hotel nahe der Stadt. Nachdem wir uns in dem schön möblierten Zimmer einquartiert haben, begeben wir uns sofort auf die Suche nach unseren Freunden. Wir stapfen durch den heißen Sandstrand, doch unter den zahlreichen Leuten können wir Bärbel und Axel nicht entdecken. So hinterlassen wir an der Rezeption eine rätselhafte Nachricht mit der Bitte, gegen acht Uhr am Abend hier zu erscheinen. Eigentlich ist das Wiedersehen mit unseren Freunden das Schönste, was ich mir von diesem Urlaub erwarte. Ansonsten macht mir die doch gewaltige, vorerst noch ungewohnte Hitze ziemlich zu schaffen. Aber ich möchte Mario den Spaß nicht verderben und schlucke häufiger als sonst, möglichst heimlich meine Tabletten.

Die Überraschung, wie gesagt, gelingt. Bärbel und Axel sind aber nicht alleine. Ihre Bekannten, Linda und Manfred, erweisen sich als sehr sympathisches Paar. Wir freunden uns rasch an, und die gemeinsamen Tage erleben wir fröhlich und abwechslungsreich. Zu kleinen abendlichen Ausflügen in die Lokale der Nachbarorte und zu einer Besichtigung der Innenstadt von Sousse lasse ich mich gerne überreden. Meist genügt eine halbe Tablette, um die Stunden auch genießen zu können. Nur beim Besuch des so genannten „Kamelmarktes", bei dem es übrigens kein einziges Kamel zu sehen gibt, erfasst mich leichte Panik. Menschenmassen drängen über den staubigen Platz, wo ein Händler nach dem anderen alle möglichen Dinge anbietet: Wäsche, die sicher nicht neu ist, Geschirr, Schmuckstücke, Haushaltsgegenstände, Souvenirs und einheimische Lebensmittel sind dicht nebeneinander auf wackeligen Tischen, unter Planen beziehungsweise auf dem Boden platziert. Eigentlich wollen wir nichts kaufen, doch das Handeln macht nicht nur den Tunesiern großen Spaß. Axel und Mario reizen die Verkaufsgespräche, und schließlich erhält Bärbel bequeme Sandalen und Mario ersteht „besonders günstig" zwei Päckchen Pfefferminze. Nach etwa zwei für mich besonders qualvollen Stunden verlassen wir den Schauplatz des Trubels und halten auf der Straße nach einem Taxi Ausschau, das uns zum Hotel zurückfahren könnte. Doch wir sind nicht die einzigen, die da warten. Meine Tablette verliert mehr und mehr an Wirkung, die Mittagshitze ist unerträglich und meine Angst steigert sich enorm. Schließlich flüchte ich zu einer Verkehrstafel, deren runde Scheibe gerade genug Schatten bietet, um meinen Kopf vor den unbarmherzigen Sonnenstrahlen zu schützen. Gleichzeitig dient mir die Eisenstange als Halt, denn meine Knie werden immer weicher. Als wir endlich in einem überhitzten Taxi zum Hotel kommen, bin ich nur mehr froh, wieder in einem vollklimatisierten Zimmer die verschwitzte Kleidung abzulegen und möglichst lange mit kaltem Wasser zu duschen.

Zwei Tage später beschließen Manfred, Linda und Mario, eine Besichtigungsrundfahrt per Bus zu buchen. Da Bärbel Busfahrten nicht verträgt, bleibt sie mit Axel zuhause. Ich kämpfe mit mir, ob ich an dem Tagesausflug teilnehmen soll oder nicht. Einerseits habe ich vor allem wegen der hohen Temperaturen große Angst davor, andererseits möchte ich Mario nicht wie in Teneriffa zum Teide alleine fahren lassen, was er mir damals doch übel genommen hat. Schließlich schlucke ich die doppelte Dosis Tranquilizer und stürze mich in das Abenteuer.

Einer zweistündigen Busfahrt Richtung Norden folgt eine Besichtigung der Hauptstadt Tunesiens. Die Hitze ist wieder extrem, die Zeit ziemlich knapp bemessen. Wir eilen durch die engen Gassen von Tunis, in denen sich links und rechts ein Geschäft nach dem anderen befindet. In der Mitte haben höchstens zwei Leute nebeneinander Platz und es ist relativ dunkel, da die Häuser einen entsprechenden Lichteinfall verhindern. Hier drängen Menschenmassen durch. Der Lärm der Händler beim Anbieten und Feilschen, akuter Platzmangel und die extrem aufgeheizte, stickige Luft lassen mich einer Panik nahe kommen. Dazu sehe ich auch keine Chance für eine rasche Flucht, deren Ziel zudem nicht sichtbar ist. Ich klammere mich an Mario, um ihn in dem Chaos nicht zu verlieren. Doch mein Mann schüttelt mich förmlich ab, um geeignete Plätze und Motive zum Fotografieren zu finden. Erst nach einer Stunde erreichen wir das Ende dieser bedrohlichen Schlucht. Nun besteigen wir einen Hügel mitten in der Stadt, um die zahlreichen Moscheen wenigstens von außen sehen zu können. Die Zeit wird knapp, und wir nehmen ein Taxi, das uns in die Nähe des Busses bringt, der einige Straßen weiter auf einem Parkplatz wartet. Irgendwie habe ich die Orientierung verloren und gerate abermals in höchste Erregung, da sich auch Mario nicht ganz sicher ist, ob wir den Bus noch rechtzeitig erreichen. Mario kümmert sich nicht um meine Ängste, er zerrt mich durch das Gewühl von hupenden Autos und Menschen, von denen sich kaum einer nach Ampeln und anderen Verkehrsvorschriften richtet. Schwer angeschlagen gibt mir dieser Marsch beinahe den Rest. Für mich sind es Höllenqualen und ich bereue schon, mitgefahren zu sein. Als wir schließlich doch noch rechtzeitig beim Bus ankommen, steige ich rasch ein und lasse mich erschöpft in den Sitz fallen. Mit zitternden Händen hole ich Tranquilizer und Kreislauftropfen aus meiner Tasche, die ich ohne Wasser, wie ein Süchtiger einnehme.

Nun geht es weiter nach Karthago. Von diesem berühmten Schauplatz bin ich ziemlich enttäuscht. Die spärlich vorhandenen Mauerreste lassen kaum ahnen, dass hier vor vielen Jahren eine prunkvolle Stadt stand. Die Hitze der Mittagssonne wird immer unerträglicher und ich bin erleichtert, als die Besichtigung zu Ende ist. Aber da geht es nicht nur mir so. Auch andere Teilnehmer flüchten zu den wenigen schattigen Plätzen und warten auf die „Harten", zu denen natürlich auch Mario gehört.

Nach einer kurzen Mittagsrast in einem sehr netten Restaurant, wo es vor allem kühl ist, werden wir nach Sidi Bou Said chauffiert, einem höchst reizvollen an einem Hügel über dem Meer gelegenen kleinen Ort. Malerische enge Gassen mit weißen Häusern und blau gestrichenen Türen und Fenstergittern haben den Ort zum beliebtesten Ausflugsziel für Touristen und Einheimische gemacht. Auch mich fasziniert dieses Dorf. Von der Terrasse eines maurischen Cafes auf der Spitze des Hügels gelegen, genießen wir einen beeindruckenden Blick auf das romantische Dorf und seine Umgebung. Die Zeit drängt und bald müssen wir wieder zurück zum Bus. Auf der Heimfahrt nach Sousse steht nun noch ein Museumsbesuch auf dem Programm. Ich fühle mich allerdings so erschöpft – der Kampf gegen meine Angst raubt mir immer sehr viel Kraft –, dass ich mit einigen anderen Leuten im Bus zurück bleibe. In den Minuten des Wartens überkommt mich eine tiefe Verzweiflung. So gerne würde ich mit Mario all die kleinen Abenteuer genießen, was die Macht der Angst aber verhindert. Irgendwie hoffe ich aber doch, dass mein Mann wenigstens ein bisschen stolz auf mich ist, weil ich mich vor dieser Fahrt nicht gedrückt habe.

Die nächsten Tage verlaufen angenehm ruhig. Leider müssen unsere Freunde eine Woche vor uns nach Hause fliegen. Mario möchte noch an einer zweitägigen Wüstenfahrt teilnehmen. All seine Überredungskunst reicht jedoch nicht aus, dass ich ihn dabei begleite. Zu verschieden sind die Erzählungen jener Leute, die diese Reise bereits hinter sich haben. Von „Das darf man auf keinen Fall versäumen" bis „Das war unheimlich anstrengend" reichen die Bewertungen der Fahrt. Ich nehme vor allem die negativen Aussagen auf und meine Ablehnung wächst von Tag zu Tag. So fährt Mario schließlich alleine und lässt mich im Hotel zurück. Er ist nicht böse, sieht irgendwie auch ein, dass es zuviel für mich sein könnte, aber ein wenig enttäuscht scheint er mir doch zu sein.

Nun freue ich mich schon auf den Heimflug, nicht zuletzt deshalb, weil wir in den letzten drei Tagen von Bombenanschlägen auf Touristenbusse und Hotels in unserer unmittelbaren Umgebung gehört haben. Einige Urlauber aus dem Nachbarhotel hat es bei einer Busfahrt erwischt. Wir beobachten, wie sie mit den unterschiedlichsten Verletzungen und offensichtlich geschockt, den Parkplatz vor ihrem Hotel überqueren. Die Bestätigung für die Unruhen im Land erhalten wir auch durch die Anwesenheit zahlreicher schwer bewaffneter Soldaten, die durch die Straßen patrouillieren und Hotelanlagen bewachen. Auch der Zugang zu diversen Sehenswürdigkeiten ist ab sofort nicht mehr erlaubt.

Nicht zuletzt denke ich an unseren Hund. Sascha wird schon Sehnsucht nach Herrchen und Frauchen haben, und ich verlasse das Land mit dem Gefühl, dass ich nun etwas Zeit für Erholung brauche, obwohl ich diesen Urlaub mit seinen Eindrücken und dem Wiedersehen unserer Freunde nicht missen möchte.

12. Kapitel

Wieder zu Hause genieße ich noch die letzten Ferienwochen. Mario muss ja schon wieder arbeiten und für mich beginnt eigentlich erst jetzt die Erholung. In meinen vier Wänden gelingt mir das am besten, die Symptome der Angst halten sich hier auch ohne Medikamente in Grenzen. Ich beginne wieder mit dem autogenen Training, das ich in letzter Zeit ziemlich vernachlässigt habe. Gelegentlich besuche ich meine Therapeutin. Die Gespräche mit ihr tun mir einfach gut.

Es scheint bergauf zu gehen. Selbstverständlicher als bisher führe ich Sascha im Park spazieren. Dabei lasse ich mich sogar auf kleine Plaudereien mit anderen Hundebesitzern ein, obwohl ich aus Höflichkeit nicht einfach davonlaufen könnte, wenn mir danach wäre. Kleine Besorgungen auch in größeren Geschäften erledige ich meist ohne Tabletten. Gegen Ende der Ferien kommen die bereits im Juni bestellten Möbel für Marios neues Arbeitszimmer. Als die Tischlerarbeiten abgeschlossen sind, bringe ich die Wohnung wieder auf Hochglanz. Beinahe eine ganze Woche bin ich mit den Putzarbeiten beschäftigt. Der feine Staub hat seinen Weg in jeden Raum, in jeden Winkel gefunden. Doch die Arbeit macht mir nichts aus. Vor allem freue ich mich mit Mario über das wirklich gelungene Arbeitszimmer. Stolz zeigt mein Mann es unseren Besuchern, die von der geschmackvollen Einrichtung begeistert sind. Besonders gemütlich ist es auf dem schwarzen, weichen Ledersofa, das, umrahmt von den grau gebeizten Holzmöbeln, den blaugrauen Vorhängen und dem Spannteppich, den Mittelpunkt des Zimmers darstellt. Abends sitzen wir nun gelegentlich in diesem Raum und geben uns dem Wohlfühlen hin, bis ich schließlich daraus verbannt werde, da Mario wieder eine Prüfung vor sich hat und Ruhe zum Lernen braucht, womit das Zimmer seinen eigentlichen Zweck erfüllt.

Als das neue Schuljahr beginnt, genügen Baldrian und Kreislauftropfen um die Vormittage ohne besondere Anspannung zu überstehen. Selbst das Autofahren bereitet mir keine Probleme mehr. Nur vor „größeren" Aufgaben benötige ich gelegentlich eine Beruhigungstablette – eher vorbeugend, um bei unumgänglichen Situationen nicht in Panik zu geraten. Kopfzerbrechen bereiten mir lediglich Schmerzen in den Beinen, die sich von den Fußgelenken bis in die Oberschenkel ziehen. Nach einigen Wochen suche ich meinen Hausarzt auf, der meine Bedenken bezüglich verborgener Krampfadern und Durchblutungsstörungen zerstreut. Ohne konkrete Diagnose kehre ich dennoch beruhigter nach Hause zurück. Die Schmerzen allerdings bleiben.

In letzter Zeit habe ich häufig wegen diverser Beschwerden Doktor Keller aufgesucht. Meist ist es dabei auch zu einem Gespräch über meine psychische Verfassung gekommen. Für viele Beschwerden hat dann eine harmlose Erklärung gereicht, um die Symptome wieder verschwinden zu lassen. So gehe ich eigentlich mit Schuldgefühlen zu meinem Hausarzt, denn ich komme mir wie ein Hypochonder vor, der dem Arzt die Zeit für Patienten mit ernstzunehmenden Erkrankungen stiehlt. Ich zögere es daher oft viele Tage hinaus, bis mich die Angst vor einer schlimmen Krankheit doch in die Ordination treibt. Leider habe ich mir viel medizinisches Wissen angeeignet, jedoch ohne solide Ausbildung. Stets habe ich mich über meine Gesundheitsprobleme ausführlich informiert, diverse Beiträge in entsprechenden Medien studiert und nicht zuletzt unterrichte ich seit Jahren Gesundheitslehre, was meinen Interessen immer schon entgegengekommen ist. Mein umfangreiches aber doch laienhaftes Wissen lässt mich bei eigenen Beschwerden sofort aufhorchen, und meist stelle ich eine Art Selbstdiagnose, die mir dann Angst bereitet. Der Teufelskreis schließt sich, da meine Angst wiederum zu einer Verschlimmerung meine Beschwerden führt. Doktor Brauer hat mich mittlerweile aber schon dazu gebracht, für kleine Wehwehchen harmlose Erklärungen zu finden, wodurch auch die Symptome oft rasch verschwinden.

Mario befindet sich seit einigen Tagen in starkem Prüfungsstress. Jede freie Minute opfert er dem Studium. Für mich ist das nichts Besonderes, nichts Neues. Seit ich ihn kenne, strebt er mit großem Ehrgeiz beruflich vorwärts. Zunächst wechselte er seinen Beruf. Als ausgelernter Radio- und Fernsehtechniker fühlte er sich nicht besonders wohl. Er hatte höhere Ziele vor Augen. So entschloss er sich, Polizeibeamter zu werden. Während dieser Ausbildung lernten wir uns kennen. Nach dem Abschluss schrieb er sich in ein Abendgymnasium ein, um neben seinem Beruf die Matura nachzuholen, die ihm als Voraussetzung für ein späteres Studium dienen sollte. Für einen sozialen Aufstieg erschien sie ihm aber überdurchschnittlich wichtig. Irgendwie stand ich damals mit meiner Ausbildung für ihn auf einem Podest – ich hatte etwas, was er unbedingt erreichen wollte. Um sein Selbstwertgefühl aufzubauen, zeigte ich ihm manchmal bewusst die Grenzen meines Wissens. Ich hob seine Stärken hervor und gab bei Diskussionen nach, obwohl ich genau wusste, dass ich Recht hatte. Ich förderte sein Gefühl, „der starke Mann" an meiner Seite zu sein und fühlte mich auch selbst vorerst ganz gut dabei. Dass ich dabei mein eigenes Selbstwertgefühl und meine Selbstbestimmung abbaute, bemerkte ich erst viel, viel später. Ich liebte Mario als Mensch mit seinen Fehlern, und seine gesellschaftliche Stellung war mir weit weniger wichtig als ihm. Aber ich half ihm, wo ich konnte. Mit seinem Ehrgeiz und seiner Konsequenz erreichte er auch fünf Jahre später sein erstes großes Ziel: die Matura und damit die Berechtigung zum Studium. Nun fühlte er sich mir gegenüber gleichwertig. Obwohl nicht mehr nötig setzte ich den bisherigen Weg fort. Ich ließ ihn weiter mir gegenüber nach oben streben und sank dadurch mehr hinunter. Das habe ich natürlich nicht bewusst zugelassen. Eher war es Gewohnheit und wirklich gelitten habe ich damals auch nicht darunter. Ich wollte nur für ihn da sein und habe seine Bedürfnisse zu den meinen gemacht. Schlimm war für mich eigentlich nur, dass wir aufgrund Marios Ausbildung so wenig Zeit für uns hatten. Ich tröstete mich aber damit, dass es nur eine Frage der Zeit ist und dachte, dass Mario mich eines Tages für diese Entbehrungen entschädigen würde.

Je näher nun Marios Termin für seine nächste Prüfung rückt, umso gereizter ist er. Kleine Aufgaben, zu denen ich derzeit kaum in der Lage bin, bringen ihn auf die Palme, weil sie ihn zu viel Zeit kosten. So überwinde ich mich, schlucke wieder Tabletten und besorge das meiste selbst, da ich überzeugt davon bin, dass es nach der Prüfung wieder besser wird.

Im Oktober, einige Zeit nach der gelungenen Prüfung, werden die Spannungen jedoch stärker. Wir zanken uns oft wegen Kleinigkeiten. Eigentlich ist es kein Streit, sondern eine eher ungesunde Art, Meinungsverschiedenheiten auszutragen. Mario explodiert dabei mit Worten und ich ziehe mich eingeschüchtert und tief getroffen zurück. Dass ich wirklich in Wut gerate und auch einmal tobe, kommt äußerst selten vor. Ich habe ziemliche Probleme damit, meinen Unmut auf diese Art los zu werden, vor allem, weil ich Menschen, die mir nahe stehen, nicht verletzen oder gar verlieren möchte. So schlucke ich vieles hinunter, was mich dann oft lange Zeit quält.

Natürlich können Mario und ich auch vernünftig miteinander reden. Handelt es sich um ein ernstes Problem, versuchen wir, nachdem sich die Gewitterwolken verzogen haben, darüber zu sprechen. Belanglos erscheinende Dinge verlaufen aber im Sand. Vielleicht sind sie gar nicht so belanglos?

Mario hasst es, wenn ich mich weinend oder gekränkt zurückziehe. Lieber wäre ihm sicher, wenn ich ebenso explodieren könnte wie er, denn bei ihm ist nach dem Gewitter wieder strahlender Himmel, während sich meine Regenwolken nur langsam verziehen. Gott sei Dank gab es während unserer Zweisamkeit nur sehr selten größere Naturkatastrophen dieser Art. Das liegt wohl unter anderem daran, dass wir meist aufeinander Rücksicht nehmen und jeder die Fehler des anderen toleriert.

Doch in letzter Zeit funktioniert das nicht mehr so recht. Vielleicht bin ich durch meine Krankheit bedingt sensibler und Mario kann oder will sich nicht darauf einstellen. Er ist zwar auch ein gefühlvoller Mensch, verbirgt das meiste jedoch hinter einer härteren Schale und tut sich schwer, seine Empfindungen in Worte zu kleiden. Mir kommt das so vor, als müsste ich hellseherisch seine Wünsche und Empfindungen wahrnehmen und mich entsprechend verhalten. Da ich aber keine Hellseherin bin, tappe ich oft im Dunkeln und kann so einige seiner Reaktionen nicht verstehen.

Die Spannungen der letzten Wochen scheinen nun dafür verantwortlich zu sein, dass mein Hormonhaushalt total in Unordnung gerät. Ständige Blutungen zwingen mich zu einem Besuch beim Gynäkologen, der mir zwar schonend, aber doch bestimmt erklärt, dass es eines Eingriffs bedarf, um die Angelegenheit wieder in Ordnung zu bringen. Zuvor muss ich aber noch zu einer Mammographie, die in meinem Alter und bei meiner gesundheitlichen Vergangenheit einmal gemacht werden sollte, zumal ein ständiges starkes Ziehen damit gleich abgeklärt werden kann.

Das Wort „Mammographie“ löst bei mir wieder zusätzliche Ängste und Horrorvorstellungen aus, da ich fürchte, dass mein Arzt etwas ertastet hat, mir davon aber vorläufig nichts sagen möchte. Meine Angst vor Krebs sitzt tief und mit großem Bangen suche ich einen Röntgenologen auf. Gott sei Dank erfahre ich noch am selben Tag, dass meine Befürchtungen unbegründet waren.

Einige Tage später begleitet Mario mich nun zu dem notwendigen Eingriff ins Krankenhaus. Er scheint mir freundlich, doch etwas kühl und distanziert. Der sorgenvolle Gesichtsausdruck, den ich erwartet habe und ein paar ermutigende Worte fehlen. Ist es ihm lästig, dass ich wieder einmal in eine Klinik muss, oder ist es für ihn schon Routine, mich so alle zwei Jahre dort abzuliefern? Ich entschuldige sein Verhalten mit der Erklärung, dass er bereits wieder in extremem Prüfungsstress ist.

Alleine im Krankenzimmer zurückgelassen schiebe ich diese Gedanken beiseite. Ein klein wenig Angst vor der Operation zieht meine Aufmerksamkeit auf sich. Doch es ist eine andere Art von Angst, nicht vergleichbar mit der, die mich etwa beim Einkaufen heimsucht. Sie erscheint mir natürlich, erklärbar und nicht so bedrohlich.

Der Eingriff am nächsten Morgen dauert nur einige Minuten und als ich von der Narkose aufwache, freue ich mich einfach nur, dass ich noch lebe. Vergeblich warte ich aber an diesem Tag auf einen Anruf und einen Besuch meines Mannes. Na ja, morgen darf ich wieder nach Hause, und da holt er mich bestimmt ab.

13. Kapitel

Mario benimmt sich ziemlich sonderbar. Wegen jeder Kleinigkeit macht er mir eine Szene. Meist sitzt er in seinem Zimmer und lernt. Wenn er zwischendurch den Rest der Wohnung begeht, stört ihn dies und jenes. Ich lasse ihn in Ruhe, denke, dass ihm beruflich oder das Studium betreffend etwas im Magen liegt. Außerdem hat es keinen Sinn mit ihm zu sprechen, oder ihn auf sein Verhalten aufmerksam zu machen, wenn er dermaßen gereizt ist. Durch jedes Wort fühlt er sich nur angegriffen und ungerecht behandelt. Dann reagiert er erst recht wütend und merkt gar nicht, wie ungerecht er selbst dabei ist.

Als der Tag der nächsten Prüfung da ist, zittere ich schon dem Ergebnis entgegen. So aufgeregt wie diesmal war er eigentlich schon lange nicht mehr. Zum Glück zeigen seine Gesichtszüge große Erleichterung, als er gegen Abend nach Hause kommt: Bestanden! Meine Glückwünsche scheint er jedoch gar nicht wahrzunehmen, seine Distanz mir gegenüber behält er bei. Dennoch hoffe ich, dass sein Gemütszustand sich bald bessert. Ich hoffe und warte jedoch vergeblich. In den nächsten Tagen stürmt er die Geschäfte der Innenstadt und kauft auffällig moderne Kleidungsstücke. Abends geht er gelegentlich alleine aus und kommt dann ziemlich spät nach Hause. Ganz leise nehme ich im Innersten eine Alarmglocke wahr, stelle Mario aber nicht zur Rede. Wahrscheinlich hat er nun etwas Luft vom Studium und möchte seine freie Zeit ohne meine eingeschränkte Aktivität genießen. Außerdem haben wir uns schon immer so viel Freiheit eingeräumt, dass jeder auch für sich alleine etwas unternehmen kann. Schließlich ist gegenseitiges Vertrauen ein wesentlicher Bestandteil unserer Beziehung. Etwas traurig bin ich über Marios Alleingang eigentlich nur deshalb, weil wir ohnehin so wenig Zeit für uns haben und ich bei vielen Unternehmungen aufgrund der Krankheit auf meinen Mann angewiesen bin. So sitze ich wieder alleine zu Hause und warte und warte.

Plötzlich werden meine Ängste wieder stärker, obwohl ich in letzter Zeit eine deutliche Besserung gemerkt habe, was die Hoffnung auf Heilung wachsen ließ. Dennoch scheine ich Mario schrecklich auf die Nerven zu fallen. Bis heute hat er mich noch nicht einmal nach dem Ergebnis des operativen Eingriffs gefragt.

Rainer, mein Neffe, wohnt derzeit bei uns. Er muss die restlichen Monate seines Zivildienstes beim Roten Kreuz abdienen. Meist kommt er müde nach zehnstündigem Dauereinsatz am Abend nach Hause. Von uns geliebt als ruhiger, ausgeglichener Wohngenosse und idealer Diskussionspartner merkt auch er bald die Spannungen, die sich zwischen Mario und mir aufgebaut haben. Als er Zeuge eines besonders heftigen Wutausbruchs meines Mannes wird, denkt er sogar an die Möglichkeit, dass seine Anwesenheit Ursache von Marios Verhalten ist.

Diese Aggression meines Mannes hat mich geschockt und zutiefst verletzt. Ich fühle mich abscheulich. So habe ich Mario noch nie erlebt. Er sah mich mit stechendem Blick an, und in seiner Stimme lag etwas unbeschreiblich Bedrohendes, sodass mir angst und bange wurde.

In nächster Zeit sprechen wir nur, wenn es unbedingt notwendig ist, miteinander. Schon gar nicht getraue ich mich, ihn um etwas zu bitten. Jede Bitte scheint in seinen Ohren wie ein Befehl zu klingen, alles Gefragte wie eine Einmischung in seine intimsten Freiheiten. Ich begreife das nicht, schlucke wieder mehr Beruhigungsmittel und weine bei jedem scharfen Wort Marios, was ihn nur noch mehr reizt. Was ist eigentlich los? Ich liebe Mario, bin immer für ihn da, führe den Haushalt neben meinem Beruf alleine und erledige, soweit es mir möglich ist, auch sonst vieles. Die letzte Erklärung, die ich schließlich finde, ist der angekündigte Besuch meiner Mutter. Vielleicht fühlt er sich von ihr bevormundet? Sie sind sich nicht gerade unsympathisch, mögen sich auf ihre Art, auch wenn sie das Verhalten des anderen oft nicht akzeptieren. In schwierigen Situationen halten sie aber stets zusammen und versuchen sich gegenseitig zu helfen.

Als Mutti schließlich kommt, ist unsere eheliche Beziehung sehr förmlich und distanziert. Mutti merkt das natürlich und hält es für eine vorübergehende Krise. Doch uns allen fällt die starke

Veränderung im Verhalten meines Mannes auf. Er benimmt sich wie ein spätpubertärer Flegel. Mit Aussagen wie: „Ich lasse mir von niemandem etwas vorschreiben! Ich lasse mir nichts mehr gefallen!" und dergleichen mehr, stößt er nicht nur mich sondern auch viele andere vor den Kopf, zumal der Anlass meist in keinem Verhältnis zu seiner Reaktion ist. Sein Musikgeschmack hat sich auch plötzlich verändert. Hardrock, Jazz und ausgesprochen gesellschaftskritische Lieder dröhnen aus den übergroßen, lautstarken Boxen, was nicht nur für mich sondern auch für unsere Nachbarn zur Qual wird. Leider landen ihre Beschwerden nur bei mir. Für seine Aussagen und sein Verhalten sucht Mario dann auch die Zustimmung meines zehn Jahre jüngeren Neffen, der seinem Alter entsprechend hinsichtlich der Musik mehr Verständnis zeigt. Schließlich besorgt sich Mario noch einen Walkman, mit dem er in Begleitung unseres Hundes durch den Park und die nähere Umgebung spaziert, was ihn in den Augen unserer Mitmenschen oft lächerlich wirken lässt, da sie ihn eigentlich nur als vernünftige, gefestigte Persönlichkeit kennen.

Mutti macht sich nun doch große Sorgen um mich. Es stört sie vor allem, dass Mario mir in keiner Beziehung Recht lässt und ziemlich schroff mit mir umgeht. Nur was er sagt und tut, ist richtig, egal wie falsch und unsinnig es auch sein mag. Ich versuche, die Situation zu entschärfen, verharmlose sein Verhalten und nehme ihn teilweise vor Mutti auch in Schutz. Schließlich bin ich froh, dass meine Mutter wieder nach Hause fährt. Beim Abschied äußert sie Mario gegenüber noch ihre Bedenken. Er beruhigt sie jedoch und meint, dass sie sich keine Sorgen machen müsse.

Nun drängt es mich aber schon sehr zu einer Aussprache mit meinem Mann, bei der ich ihn auf sein unmögliches Verhalten aufmerksam mache. Bei unserem Gespräch ist er nicht ganz nüchtern, da er in letzter Zeit wesentlich häufiger als früher Alkohol konsumiert. Nachdem er sich meine Vorwürfe angehört hat, erklärt er mir ohne Umschweife, dass er sich von mir trennen wird. Schon sehr lange, nämlich einige Jahre, trage er sich mit diesem Gedanken und jetzt reiche es ihm endgültig. Er brauche eine andere Frau. Er möchte mich aber nicht heimlich betrügen, wie so viele andere Männer das tun. Da wir aber nicht zusammenpassten, sei es höchste Zeit Schluss zu machen.

Ich bin vollkommen geschockt, kann einfach nicht begreifen, was er mir da an den Kopf wirft. Verzweifelt bitte ich ihn, mir das näher zu erklären. Nun kommen Vorwürfe noch und noch: Ich könne nicht kochen, ihn nicht beschenken, meine Garderobe sei zu konservativ, von meinem Haarschnitt wolle er gar nicht reden. Vor allem stören ihn meine Inaktivität auf allen Gebieten unserer Zweisamkeit, sowie meine beherrschende Familie. Er möchte mir zwar nicht wehtun, lasse sich aber von mir nicht kaputt machen.

Von der Menge der massiven Vorwürfe völlig überfordert, verfalle ich in einen Weinkrampf. Mario lässt mich weinen und geht schlafen. Die Knie angezogen, sitze ich auf der Couch im Wohnzimmer, trinke einen doppelten Cognac und versuche, über das eben Gehörte nachzudenken. Was ist bloß geschehen? Warum habe ich bis vor kurzem nicht bemerkt, dass meine Ehe überhaupt nicht funktioniert? War ich zu sehr mit mir und meinen Ängsten beschäftigt? Momentan kann ich jedoch keinen klaren Gedanken fassen und gehe schließlich ebenfalls zu Bett.

Da liege ich nun, still, verkrampft und kaum atmend. Tränen rollen mir unaufhörlich über die Wangen. Mein verschwommener Blick wandert zu Mario, den der Alkohol in tiefen Schlaf versetzt hat. „Bitte lass mich nicht allein! Ich liebe dich, ich brauche dich und ich werde alles dafür tun, damit ich bald wieder die strahlende Frau bin, in die du dich verliebt hast!“, beschwöre ich gedanklich meinen schlafenden Mann, bis auch ich ins Land der Träume flüchte.

Als ich am nächsten Tag mit Rainer alleine bin, erzähle ich ihm von Marios Vorhaben. Gemeinsam überdenken wir die Vorwürfe meines Mannes. Dass ich nicht kochen könne, ist mir neu, da ich jede Menge Lob von meinem diesbezüglich brutal ehrlichen Bruder erhalten habe, der einige meiner Rezepte sogar seiner Freundin übergab, als er bei ihr einzog. Auch Rainer und Gäste, die ich im Laufe der Jahre bewirtet habe, können nichts Gegenteiliges behaupten. Bei meinen Geschenken für Mario habe ich immer lange überlegt, was ich ihm außer praktischen Dingen noch Persönliches geben könnte. So kaufte ich ihm für sein liebstes Hobby, dem Fotografieren, eine neue Ausstattung, die seinen Vorstellungen entsprach. Auch mit einem meiner Geldbörse entsprechenden wertvollen Ring schien ein unausgesprochener Wunsch meines Mannes in Erfüllung gegangen zu sein. Zu jedem Anlass bekam er ein wohl überlegtes Gedicht, oder einen Spruch. Beides drückte stets meine Zuneigung, Dankbarkeit oder Wertschätzung aus, und Marios Reaktionen zeigten mir, dass ich damit sein Inneres sehr angenehm berührt habe. Was mein Äußeres betrifft, habe ich schon viele Jahre Komplimente, und nicht nur von Männern, erhalten, sodass ich mir meiner positiven Wirkung auf andere absolut bewusst bin. Das alles konnte es also nicht sein. Eingestehen muss ich natürlich meine eingeschränkten Aktivitäten bedingt durch meine Krankheit und die immer noch auftretende Verzweiflung was meine Kinderlosigkeit betrifft, die in letzter Zeit jedoch eher im Hintergrund schlummert.

Rainer ist von dem Entschluss meines Mannes genauso überrascht wie ich. Er möchte sich aber aus der Situation heraushalten und ist der Meinung, dass sich bald alles wieder zum Guten wenden wird. Für ihn scheint Mario in einer Phase aufgewühlter Gefühle zu sein. Vielleicht ist ihm einiges über den Kopf gewachsen. Er tröstet mich und verstärkt meine Hoffnung, dass bis Weihnachten alles wieder in Ordnung kommt. Bis dahin sind es immerhin noch zwei Wochen.

Die Spannungen, wenn Mario zuhause ist, sind für mich unerträglich. Ich versuche die Alltagsarbeit so zu erledigen, als gebe es gar kein Problem. Vergeblich suche ich nach einer Geste, einer Mimik meines Mannes, die auf Versöhnung schließen ließe. Oft flüchte ich zu Martina, die seit zwei Jahren geschieden ist. Ihr Mann war damals in einer ähnlichen Phase und hatte ein Verhältnis mit einer anderen Frau. Martina hat unter der Trennung sehr gelitten und ihre Zukunftsängste waren enorm. Wenn sie zu uns kam und völlig verzweifelt ihren Tränen freien Lauf ließ, hat auch Mario sie getröstet und absolut kein Verständnis für ihren Mann gezeigt. In den Gesprächen mit Martina kommen bei mir oft Erinnerungen hervor, wo Äußerungen und Gesten meines Mannes sehr deutlich zeigten, dass er mich liebte. Die letzte davon liegt etwa drei Monate zurück, sodass seine Aussage, schon jahrelang eine Trennung im Auge zu haben, ihren Wahrheitsgehalt für mich verliert.

Auch Martina kann mit den Argumenten Marios nichts anfangen. Sie kennt uns nun schon lange und sie hat nie etwas von den angeblichen Absichten meines Mannes bemerkt. Seine Aussagen und sein Verhalten haben bei ihr eher den Eindruck erweckt, dass für ihn eine Trennung nie in Frage käme. Nur eine andere Frau könne so einen Wandel bei Mario herbeiführen, davon ist sie überzeugt. Diesbezügliche Überlegungen habe ich natürlich auch schon angestellt, aus Angst, dass sie sich bewahrheiten, jedoch immer wieder verworfen. Da ich aber keine andere Erklärung für die starke Veränderung meines Mannes habe, beschließe ich, mich dieser Möglichkeit zu stellen.

Am selben Abend führe ich eine Aussprache herbei und konfrontiere Mario mit meinem Verdacht. Ausweichend erklärt er mir, dass er natürlich auch andere Frauen kenne, mit denen er gelegentlich interessante Gespräche führe. Sexuelle Beziehungen habe er keine und eine bestimmte Frau gebe es neben mir in seinem Leben nicht. Er unterstreicht jedoch gleichzeitig seine Forderung nach einer raschen Scheidung. Ich lehne ab und versuche, ihn mit meinen Argumenten zum Umdenken zu bewegen. Sinnlos, wie ich bald feststellen muss.

14. Kapitel

Gefangen in einem schrecklichen Gefühlschaos beschließe ich, am Wochenende zu meinem Bruder zu fahren. Seine Lebensgefährtin hat auch bereits eine Scheidung hinter sich. Mit ihren Zwillingen schlug sie sich dann trotz vieler Hindernisse wacker durchs Leben, bis sie vor etwa drei Jahren meinen Bruder kennen lernte. Zwischen Thomas und Elisabeth scheint nun alles zu stimmen.

Als ich nach mehr als drei Stunden Fahrt mit dem Zug ankomme, ist der Empfang sehr herzlich. Thomas, der ein sehr inniges Verhältnis zu mir hat, nimmt mich in seine Arme und drückt mich fest an sich. Obwohl ihm dabei Tränen in den Augen stehen, gibt mir diese Umarmung das Gefühl von Sicherheit und

Geborgenheit, nach dem ich mich nun schon seit Wochen sehne. Bei ihm zu Hause sprechen wir bis zwei Uhr morgens über mein akutestes Problem. Obwohl es keine für mich akzeptable Lösung zu geben scheint, tut es mir gut, die verschiedenen Ansichten zu hören und das Gefühl zu haben, in dieser Situation nicht alleine zu sein.

Niemand zuhause weiß, wo ich mich befinde. Später erfahre ich, dass Rainer und Martina sich große Sorgen gemacht haben. Zurecht! Denn, bevor ich in den Zug stieg, stand ich am Bahnsteig und überlegte, ob ich mich nicht einfach vor die nächste Lokomotive werfen sollte. Es war ein erschreckendes Gefühl, ein innerer Kampf mit der Frage, wozu ich noch weiterleben sollte. Wenn Mario geht, habe ich das Wichtigste in meinem Leben verloren. Ich müsste dann nicht nur gegen meine Krankheit kämpfen, sondern noch zusätzlich darum ringen, alleine mit allem fertig zu werden. Für wen? Wer braucht mich dann noch? Ich habe keine Kinder und nun auch keinen Mann mehr. Meine gesundheitliche Situation ist außerdem ein großes Hindernis um sozial nicht unterzugehen. Meine Familie steht zwar zu mir, alle wohnen aber weit entfernt und ich habe ihnen in letzter Zeit ohnehin genug Sorgen bereitet. Meine ständigen Bemühungen, trotz Krankheit ein einigermaßen normales Leben zu führen, haben mich sehr viel an Substanz gekostet. Mein inneres Kraftwerk scheint ziemlich leer zu sein und ich merke, dass ich nur noch mit wenig Energie einem mir viel zu großen Problem gegenüberstehe. In Gedanken versunken, mit Tränen in den Augen steige ich die Treppen zum Bahnsteig hinunter und wieder hinauf. Ich habe noch zwanzig Minuten Zeit.

Die Ankunft eines Zuges ertönt durch den Lautsprecher zugleich mit der Aufforderung, vom Bahnsteig zurückzutreten. Aus meinen

Gedanken gerissen folge ich dieser Aufforderung nicht, gehe sogar noch einige Schritte näher zu den Geleisen und stelle meine Reisetasche ab. Zahllose Menschen tummeln sich mit ihrem Gepäck hinter und neben mir. Links von mir verabschiedet sich ein älterer Herr von einer Frau. Liebevoll nimmt er sie in den Arm und flüstert ihr anscheinend ein paar nette Worte ins Ohr. Gleich daneben wartet ein gut aussehender Mann mit einem großen Strauß roter Rosen auf den herannahenden Zug. Eine schwangere Frau mit zwei Kleinkindern küsst eine zierliche alte Dame und übergibt ihr einen kleinen Koffer. Ich nehme das alles irgendwie gleichzeitig wahr und frage mich, warum mein Blick sich nur auf Situationen richtet, die mir derzeit zutiefst wehtun und meine Traurigkeit und Verzweiflung noch verstärken. Als ich das Signal des herannahenden Zuges höre, bin ich entschlossen, mein Leben zu beenden. Ich kann nicht mehr und ich will auch nicht mehr! Ich gehe noch zwei Schritte nach vor, lasse die Tasche hinter mir stehen und warte nur noch auf den in wenigen Sekunden einfahrenden Zug. Das plötzliche Bellen eines Hundes durchfährt mich wie ein Blitz. Sascha! Was soll aus ihm werden, wenn es mich nicht mehr gibt? Mario könnte ihn aus Zeitgründen nicht behalten. Wahrscheinlich würde er ihn in ein Heim geben. Ob Mario das fertig bringt? Im Moment sicherlich, versetzt er doch auch mir einen Tritt, mit dem er mich, obwohl ohnehin schwer angeschlagen, in einen Graben befördert, aus dem ich vielleicht nie wieder heraus komme. Derzeit ist Mario nur sich selbst wichtig, und alles, was seinen Lebensweg behindert, wird ausgeschaltet, vermutlich auch unser treuer Hund, den er vor sechs Jahren als Baby nach Hause brachte. Damals war ich ziemlich skeptisch. Wir hatten eine neue Wohnung und ich befürchtete, dass dieses lebhafte Hundeknäuel einiges kaputt machen könnte. Doch schon nach wenigen Tagen hatte ich Sascha fest in mein Herz geschlossen, und sicher können mir viele Tierbesitzer nachfühlen, wie innig die Beziehung zwischen Tier und Mensch sein kann. Die bedingungslose Liebe eines Hundes, seine wachsame Treue, seine mitfühlenden Gesten vor allem in schweren Stunden, seine sprachlose Zuwendung und seine überschwänglichen Freudentänze, wenn das geliebte Herrchen oder Frauchen auf der Bildfläche erscheint, sind Eigenschaften, an denen sich auch so mancher Mensch orientieren könnte. Natürlich bedeutet das Halten eines Tieres auch manchmal Verzicht, wenn man für längere Zeit irgendwohin möchte, wo Hunde nicht gefragt sind. Auch die notwendigen Spaziergänge früh am Morgen und bei jedem Wetter kosten etwas Überwindung, dennoch sind die positiven Erfahrungen, wie ich sie mit Sascha gemacht habe, von so großer Bedeutung, dass sie alles Unangenehme in den Schatten stellen. Eigentlich kann ich mir gar nicht mehr vorstellen, ohne ihn zu leben. Meine Liebe zu ihm und mein Verantwortungsgefühl sind all die Jahre über sehr stark gewesen. In diesem für mich so entscheidenden Moment jagen nun Gedanken an Sascha durch mein Gehirn und lassen mich wie gelähmt stehen bleiben. Sascha ist es wert, dass ich weiter lebe. Er liebt mich und er braucht mich und genau dieses Wissen hält mich im letzten Moment von meinem entsetzlichen Vorhaben ab.

Vielleicht empfindet auch Mario diese starke Zuneigung und entschließt sich doch noch, uns Zeit zu geben, um unsere Probleme zu lösen, sind die Gedanken, an die ich mich für wenige Augenblicke klammere. Aber schon im nächsten Moment weiß ich, dass ein Hund keine Ehe retten kann, oft können das nicht einmal Kinder.

Während der Zug bereits steht und viele Menschen aus- und einsteigen, kommt mir auch mein Bruder, der auf mich wartet, in den Sinn. Er hat den Tod unseres Vaters nur schwer verkraftet, kann ich ihm nun auch noch die Trauer um mich zumuten? Natürlich wäre es auch für Mutti ein schwerer Schlag, den ich eigentlich nicht verantworten kann.

Das Bewusstsein, dass es Menschen gibt, die mich sehr lieb haben und denen ich etwas bedeute, lassen mich einen Schritt am Bahnsteig zurücktreten. Eher geschockt über mich und meine Absichten sitze ich schließlich in einem sonst leeren Abteil und denke darüber nach, ob Mario es wirklich wert ist, so sehr zu leiden, dass man aus diesem Leben in eine unbekannte Welt flüchtet. Vorläufig finde ich keine Antwort.

Die zwei Tage bei meinem Bruder haben mir gut getan. Ich habe meine Ängste überrumpelt und selbständig eine Reise gemacht. Dass ich dazu Tranquilizer brauchte, erscheint mir nicht so wichtig. Auf der Heimfahrt verspüre ich die leise Hoffnung, dass Mario mich glücklich in die Arme schließen wird. Vielleicht hat er auch erkannt, dass unsere Beziehung eine Chance verdient. Als wir schließlich aufeinander treffen, scheint er ein bisschen erleichtert, aber an seinem Entschluss hat sich offenbar nichts geändert. Von mir möchte er in Ruhe gelassen werden, da Ende Jänner die nächste Prüfung fällig sei.

Die Stunden mit ihm werden immer mehr zur Qual. Viele unausgesprochene Dinge stehen zwischen uns, zu einem Gespräch ist mein Mann aber derzeit nicht bereit. Ich suche meine Therapeutin auf und schildere so detailliert wie möglich unsere Situation. Sie stimmt mir zu, dass Marios Verhalten dem eines Pubertierenden entspricht. Doktor Brauer hat ihn im Rahmen meiner Therapie kennen gelernt und dabei nicht den Eindruck gewonnen, dass er sich schon längst von mir trennen wollte. Er schien großes Interesse an der Besserung meines Zustandes zu haben und wirkte wie ein fürsorglicher Ehemann. Helfen kann sie mir im Moment auch nicht, gibt mir aber den Rat, möglichst viele Außenkontakte aufzunehmen. Aber wer möchte sich schon ständig mit den Problemen einer an sich schon schwer angeschlagenen Person auseinandersetzen. Jenen Menschen, denen ich viel bedeute, würde ich nur Leid tun. Sie scheinen mir keine geeigneten Helfer zu sein, da ich nicht einmal selbst in der Lage bin, zwischen den Qualen meiner Krankheit und denen der bevorstehenden Trennung zu unterscheiden.

15. Kapitel

Der Heilige Abend steht vor der Tür. Mario hat seinen Vater und seinen Bruder schon vor einigen Wochen eingeladen, den Abend gemeinsam mit uns zu verbringen. Unter den gegebenen Umständen fühle ich mich aber fehl am Platz. Meine Geschenke für Mario liegen schon seit Wochen, als unsere Ehewelt für mich noch in Ordnung war, gut versteckt im Kasten. Zwei Nachmittage lang habe ich sie sorgfältig und mit viel Liebe in Geschäften der Innenstadt ausgesucht, natürlich nicht ohne Tranquilizer. Nun kann ich mir nicht vorstellen, mit Mario vor dem Christbaum zu stehen, ihm und seiner Familie ein schönes Weihnachtsfest zu wünschen und die Geschenke zu verteilen.

Aber wo soll ich am Weihnachtsabend hin? Zu meiner Familie? Mutti darf noch nichts von der geplanten Trennung erfahren. Weihnachten ist für sie seit Vatis Tod ohnehin ein sehr trauriger Tag, und mich würde die Stimmung zuhause nur noch zusätzlich belasten. Zu Freunden oder Bekannten kann man an diesem

Abend auch nicht. Es ist nun einmal das Fest für den engsten Familienkreis. Zudem hat mich auch keiner der infrage kommenden Personen darauf angesprochen. Normalerweise ist mein Platz an diesem Abend eindeutig an der Seite meines Mannes, aber dieser will nun nichts mehr von mir wissen. Den Vorschlag meiner Therapeutin, in einem der Ärztezimmer ihres Krankenhauses zu übernachten, lehne ich dankend ab. Ich ziehe ein Hotelzimmer in Erwägung. Als ich mir ausmale, wie ich so vollkommen alleine an diesem besinnlichen Abend in einem doch unpersönlichen Raum sitze, von draußen mitgebrachte Schwingungen von Weihnachtsmusik, Weihnachtsduft und dem Bild eines erleuchteten Christbaums in mir, erfasst mich eine tiefe Traurigkeit, die nur noch von der Angst, ich könnte mir etwas antun, übertroffen wird.

Mario erwartet beinahe selbstverständlich, dass ich zu Hause bleibe und meinen Beitrag an den Arbeiten für den Abend leiste. Sicher fühlt auch er meinen seelischen Tiefpunkt, und da ist es ihm wahrscheinlich lieber, mich in seiner Nähe zu wissen. Winzig klein ist auch meine Hoffnung, dass gerade ein Fest wie Weihnachten zu einer Versöhnung führen könnte. Vor allem meine Ängste sind es aber schließlich, die mich daran hindern, mich davon zu schleichen. Schon am Morgen schlucke ich die erste Tablette, zu Mittag die zweite und abends noch zwei weitere. Ich empfinde eine gewisse Gleichgültigkeit, eine schwere Ruhe und etwas Benommenheit. Auf diese Weise gelingt es mir, das Abendessen für uns und unsere Gäste zuzubereiten. Das Schmücken des Christbaums überlasse ich Mario, der auf diesen Brauch bei keinem Weihnachtsfest verzichten möchte.

Marios Vater spürt wohl, dass etwas nicht stimmt, seine unausgesprochenen Fragen bleiben jedoch vorerst unbeantwortet. Nach einigen Minuten des Schweigens vor dem erleuchteten Baum packen wir nur die Geschenke meines Schwiegervaters aus. Die Freude darüber wirkt sehr gezwungen. Das Festessen scheint mir gelungen zu sein, was ich dem Zulangen und den Komplimenten unserer Gäste entnehme. Meine Teilnahme am Gespräch hält sich in Grenzen, teilweise schweife ich mit meinen Gedanken weit fort und bin froh, als Marios Familie gegen zehn Uhr aufbricht.

Eher um einem Gespräch zu entgehen, öffnet Mario meine Geschenke. Kommentarlos betrachtet er sie kurz, bedankt sich kühl und förmlich und geht kurz danach zu Bett. Enttäuscht von seinem Verhalten rauche ich zunächst eine Zigarette und packe schließlich die Geschenke meines Mannes aus. Eine blau-weiße, modern geformte Vase trifft zwar meinen Geschmack, im Moment bedeutet sie mir aber gar nichts. Von dem Titel eines Buches „Liebe das Leben, denn das Leben liebt dich" fühle ich mich eher verhöhnt. Zum Schluss öffne ich noch das Billett, das folgende Weisheit enthält:

„Nicht ewig freut man sich der Ruhe und des Friedens
und doch ist Unglück und Zerstörung nicht das Ende.
Wenn das Gras vom Steppenfeuer verbrannt wird,
sprosst es im Sommer wieder aufs Neue."

Natürlich weiß ich, dass Mario wohl überlegt diese Zeilen gewählt hat und für mich ist es nicht schwer, seine Beweggründe zu erkennen. Meine Interpretation treibt mir Tränen in die Augen, da dem im Gedicht prophezeiten Sommer noch ein endlos langer Winter mit heftigen Stürmen und extremer Kälte voran zu gehen scheint. Mit diesen Zeilen stirbt bei mir nun auch das letzte bisschen Hoffnung, dass die Feiertage zu einer Versöhnung führen könnten. Ich lege den Text zu den Geschenken, gehe zu Bett und weine mich in den Schlaf.

Zwei Tage später fahre ich zu meiner Mutter. Sie hat inzwischen von Thomas erfahren, was in meiner Ehe los ist. Mit Tränen in den Augen nimmt sie mich in die Arme. Nun bin ich es, die versucht sie zu trösten. Mutti kann es einfach nicht fassen. Sie stammt aus einer Generation, in der Scheidungen noch die Ausnahme waren. Das Versprechen, in guten wie in bösen Zeiten füreinander da zu sein, wurde damals noch von den meisten Paaren eingehalten. Für meine Eltern war es auch nicht immer leicht und natürlich trübten kleine und größere Krisen gelegentlich ihr Eheglück. Das gemeinsame Leben aber leichtfertig aufs Spiel zu setzen, wäre für sie jedoch nie in Frage gekommen, denn neben ihrer Liebe gab es auch ein starkes Verantwortungsbewusstsein dem Partner und den Kindern gegenüber, und so gelang es ihnen, dem Versprechen „... bis dass der Tod euch scheidet" nachzukommen.

Nachdem Mutti sich wieder gefasst hat, setzen wir uns ins Wohnzimmer. Für das Abendessen kann ich mich nicht so recht begeistern, aber das anschließende Gespräch mit meinen Geschwistern und deren Familien tut mir gut. Wenig Verständnis zeigt meine Familie dafür, dass ich Mario ihrer Kritik gegenüber oft verteidige, sein Verhalten entschuldige und mir selbst für die Entwicklung meiner Ehe die Schuld gebe, obwohl ich weiß, dass ich mich stets bemüht habe, Mario eine liebenswerte, verständnisvolle Frau zu sein, die ihm ihn schwierigen Situationen so gut wie möglich zur Seite steht, was ich mir umgekehrt aber auch von ihm erwartet habe. Heftig widersprechen mir meine Angehörigen, wenn ich nun für Mario Partei ergreife. Sie weisen mich auf Marios beruflichen Ehrgeiz hin, der dominant die erste Rolle bei ihm spielt, und dem ich mich stets unterzuordnen hatte. Auch seine aufbrausende Art, die er selbst bei Kleinigkeiten nicht unter Kontrolle hat, traf mich in den letzten Jahren oft wie ein Pfeil. Aber trotz der Kritik gestehen sie Mario auch positive Seiten zu, weshalb er in meiner Familie willkommen war. Dass er mich aber bei meiner psychischen Verfassung so eiskalt abserviert, kann sich keiner meiner Angehörigen vorstellen.

Nach zwei Tagen drängt es mich, wieder nach Hause zu fahren. Silvester steht vor der Tür und in mir keimt abermals ein kleines bisschen Hoffnung, dass dieser Abend eine für mich positive Wendung bringen könnte.

Am 30. Dezember geht Mario am Abend aus und kommt erst gegen vier Uhr morgens heim, ziemlich angeheitert, wie mir scheint, obwohl er doch bereits drei Stunden später in seiner Dienststelle sein muss.

Für den Silvesterabend richte ich etwas Besonderes zu essen her und kühle Sekt ein. Als Mario gegen acht Uhr nach Hause kommt, scheint er bereits wieder getrunken zu haben. Ohne Kommentar isst er mein liebevoll zubereitetes Mahl, macht es sich anschließend auf der Sitzbank gemütlich und schaut mich fragend provokant an. Als ich versuche ein harmloses Gespräch zu beginnen, bombardiert er mich sofort wieder mit unsinnigen Vorwürfen und beendet seinen Monolog damit, dass er von mir verlangt, seine Entscheidung zur Kenntnis zu nehmen. Er stürzt noch zwei große Whiskys in sich hinein und geht schlafen.

Wieder sitze ich alleine bei Tisch, zermartere mir den Kopf wegen seiner Vorwürfe und weine, bis keine Träne mehr aus mir heraus kommt. Warum gibt er unserer Ehe keine Chance und versucht nicht einmal ansatzweise unsere, meiner Meinung nach von ihm weit überbewerteten Probleme in den Griff zu bekommen? Was ist passiert? Er muss doch sehen, dass mich eine Trennung derzeit völlig überfordert. Allen anderen ist meine mehr und mehr schwindende Kraft deutlich aufgefallen und ich selbst merke an vielen Kleinigkeiten, dass ich knapp vor einem körperlichen und seelischen Zusammenbruch stehe. Ich gehe mit heftigen Kopfschmerzen zu Bett und von Schlafen ist keine Rede, als mir plötzlich übel wird.

Begleitet vom Lärm der Knallkörper, die schon den ganzen Abend vor unserem Haus explodieren, schleppe ich mich in die Toilette. Noch während ich mich übergebe, überfällt mich eine kurze aber heftige Panikattacke. Mit einer Hand halte ich mich am Toilettenrand fest, die andere presse ich gegen meinen Brustkorb, wo mein Herz so heftig pocht, dass ich das Gefühl habe, der nächste Schlag ist genau einer zuviel. Plötzlich werden meine Beine weich, aus den Armen fließt alle Kraft hinaus. Ich möchte um Hilfe schreien, bringe jedoch keinen Ton hervor. Dann ist es still und dunkel um mich. Als ich meine Umgebung wieder wahrnehme, weiß ich, dass ich für einige Zeit das Bewusstsein verloren habe. Mit einem dünnen Nachthemd bekleidet liege ich auf dem kalten Fliesenboden. Mein Kopf tut mehr weh als zuvor und ich zittere am ganzen Körper. Auf allen Vieren krieche ich ins Vorzimmer und bleibe in einer Ecke auf dem Teppich sitzen. Sascha kommt vorsichtig näher, die Situation ist ihm sicher unheimlich. Er legt seinen Kopf an meine Schulter und sein kleiner, warmer Körper presst sich fest an mich. Mit beiden Armen umklammere ich meinen treuen Freund und lasse meine Tränen lautlos auf seinen Rücken fließen.

Inzwischen ist es Mitternacht geworden, die Knallerei vor dem Haus erreicht ihren Höhepunkt. Mir tut alles weh, vor allem ist mir sehr kalt. Ich drücke Sascha noch einmal an mich, stehe auf und gehe zu Bett, wo ich irgendwann erschöpft einschlafe.

16. Kapitel

In den nächsten Tagen suche ich nach Gesprächspartnern. Ich werde mit meinen Eheproblemen alleine nicht fertig. Meine Therapeutin erzählt mir, dass sie mit ihren Kollegen unsere Situation durchgespielt hat. Die Person, die dabei meinen Mann verkörperte, zeigte verblüffend ähnliche Verhaltensweisen wie Mario. Er musste sich von seiner Frau entfernen, wusste aber trotz intensiver Befragung nicht, warum. Hat sich die Frau von ihm entfernt, machte er wieder einen Schritt in ihre Richtung. Sobald ihm aber die Frau entgegenkam, entfernte er sich abermals. Zu diesem Szenenspiel muss man allerdings erwähnen, dass Doktor Brauer meinen Mann nur von seinem Verhalten in einigen Therapiestunden und aus meinen Beschreibungen her kennt. Dennoch sind ihre Ausführungen für mich sehr interessant, und sie prägen sich als Bild tief in mein Gedächtnis ein. Ich nehme mir vor, Mario vorläufig ganz in Ruhe zu lassen. Er ist im Moment ohnehin nicht zu einem vernünftigen Gespräch bereit. Meine Bitte, gemeinsam eine Eheberatung aufzusuchen, akzeptiert er aber überraschend bereitwillig, natürlich erst nach der in einigen Wochen bevorstehenden Prüfung. Für ihn ist das nach wie vor das Wichtigste.

So verläuft die nächste Zeit eher ruhig. Mario ist viel zuhause und lernt. Ich nehme all meinen Mut zusammen und besuche ein paar Bekannte und Freunde. Einige von ihnen sind geschieden und das Gespräch mit den „Erfahrenen" ist nicht immer ermutigend. Gelegentlich gehe ich mit Ingrid, eine langjährige Freundin, in ein Fitnessstudio. Wir sprechen dort mehr über alte Zeiten und gemeinsam Erlebtes. Bin ich besonders verzweifelt, gehe ich einen Stock höher zu Martina. Sie hat ihre eigene Trennung noch nicht ganz überwunden und fühlt sehr stark mit mir mit, sodass wir manchmal gemeinsam weinen. Dass mein Vorrat an Tränenflüssigkeit noch nicht aufgebraucht ist, erstaunt mich immer wieder. In Martina kommt dann auch noch eine unheimliche Wut hoch, die mir sicherlich auch gut tun würde. Doch so weit bin ich noch nicht. Der Schock und die Verzweiflung, aber auch die Hoffnung, es werde sich noch alles zum Guten wenden, bestimmen meine Gefühle, die kaum von meinen Angstsymptomen zu unterscheiden sind. Alles zusammen kostet mich aber enorm viel Kraft und ich habe das Gefühl, eigentlich nur um das nackte Überleben zu kämpfen.

Martina ist immer mehr davon überzeugt, dass eine andere Frau hinter Marios Entschluss steckt. Dass es eine andere Frau in seinem Leben gibt, weiß ich inzwischen, messe ihr aber nicht soviel Bedeutung bei, zumal Mario mir glaubwürdig versichert hat, dass diese Bekanntschaft harmlos und oberflächlich sei.

Meine Hoffnungen setze ich nun vor allem auf unsere geplante Eheberatung. Es ist zumindest eine Chance, die wahren Gründe für den Entschluss meines Mannes zu erfahren. Vielleicht sind es Probleme, die, wenn sie offen am Tisch liegen, ohne weiteres zu lösen sind. Mit einer außen stehenden Person, die so ein Gespräch lenkt und entsprechende Impulse gibt, ist vielleicht viel Gesagtes nicht so verletzend und das Gespräch verläuft auf einem sinnvollen Niveau. Unsere Gespräche haben bis jetzt doch immer nur zu gegenseitigen Vorwürfen und Missverständnissen geführt. Vielleicht verstehe ich in einem Beratungsgespräch auch Marios Aussage: „Wir passen nicht zueinander, wir machen uns gegenseitig kaputt!“ Mir war dieser Gedanke bis jetzt noch nie gekommen und vorläufig spricht mein Innerstes auch sehr dagegen.

Als Mario die Prüfung gut hinter sich gebracht hat, will er jedoch von einer Eheberatung nichts mehr wissen. Er brauche keinen Seelendoktor, sein Entschluss stehe fest. Mit allen Konsequenzen werde er sein Vorhaben durchziehen. Wieder bin ich sehr enttäuscht und frage mich, ob Mario plötzlich Angst bekommen hat, seine Gefühle auf den Tisch zu legen. Ein Rechtsanwalt hat ihn über seine finanziellen Ansprüche aufgeklärt. Er weiß nun auch, dass ich ihm Schwierigkeiten bereiten könnte, indem ich eine Scheidung mehrere Jahre hinauszögere. So erklärt er mir, dass er mir die Wohnung überlässt. Eine nicht genau definierte größere Summe verlange er natürlich, er müsse sich ja eine neue Existenz aufbauen.

Der finanzielle Aspekt im Falle einer Trennung war bis jetzt für mich kein Thema. Geld bedeutet mir eigentlich nicht so viel. Allerdings wird mir nun bewusst, dass meine Krankheit auch eine ziemlich große finanzielle Belastung ist. Die letzten Ersparnisse stecken in Marios Arbeitszimmer und nachdem mein Mann das relativ neue, nicht gerade preiswerte Auto behalten möchte, muss ich mir einen eigenen Wagen kaufen. Das kann natürlich nur ein sehr günstiger Kleinwagen sein. Aus der Wohnung möchte ich nicht ausziehen, denn gerade für Sascha ist Marios Abgang ziemlich schwierig. Ich möchte meinem geliebten Freund nicht auch noch eine fremde Umgebung zumuten. Hier im Haus habe ich auch Martina, die mir, falls nötig, auf Sascha aufpasst. Und ganz abgesehen davon, bin ich gesundheitlich nicht in der Lage, mich mit all den Problemen und Anforderungen, die ein Wohnungswechsel mit sich bringt, auseinanderzusetzen. Marios Forderung nach einer größeren Summe bereitet mir nun zusätzlich Kopfzerbrechen und ich habe das Gefühl, als ob die Zukunft wie eine alles zerstörende Welle über mich hereinbricht.

Ich mache mir aber nicht nur Sorgen um mich und meine Zukunft, ich beschäftige mich auch damit, was mit Mario sein wird, wenn ihm die Trennung nicht das bringt, was er sich erwartet. Er hat noch nie für sich alleine gesorgt. Ich bin zwar überzeugt, dass er sein Leben auf die Reihe kriegt, ob er allerdings zufrieden sein wird, wenn er immer selbst kochen, putzen, Wäsche waschen, bügeln oder einkaufen muss und neben seinen beruflichen Pflichten auch das Studium bewältigen soll, bezweifle ich sehr. Und wer wird ihm bei seinen Prüfungsängsten Mut machen, sich mit ihm über Erfolge freuen und ihn trösten, wenn eine Prüfung daneben gegangen ist? Zwischendurch erkläre ich mich selbst für verrückt, wenn ich um Marios Zukunft bange, wäre es doch normal, wenn ich ihm eine Bauchlandung auf allen Ebenen seines Lebens wünschte.

Als Mario eines Tages zum Wohnzimmerfenster hinaus schaut – Sascha sitzt neben ihm und lässt sich streicheln –, bemerke ich Tränen in seinen Augen. Das habe ich bei ihm noch nie gesehen, da er nur äußerst selten zeigt, wenn ihm etwas sehr nahe geht. In mir erweckt er damit Mitleid. Am liebsten möchte ich zu ihm, ihn umarmen und bitten, unserer Beziehung in Ordnung zu bringen. Dieser Impuls wird jedoch von dem Gefühl gebremst, dass er mich abermals zurückweisen würde. Ich bin mir sicher, dass er mit seinen Emotionen selbst fertig werden muss, vor allem auch will.

17. Kapitel

Seit ein paar Tagen ist Mario auf der Suche nach einer Wohnung. Es scheint nicht so leicht zu sein, eine geeignete Unterkunft zu finden, zumal mein Mann gewisse Ansprüche stellt, die er alleine nicht so ohne weiteres finanzieren kann. Dennoch kauft er nach wie vor Kleidungsstücke und auch eine neue, anscheinend teure Uhr nennt er sein Eigen. Zuhause läuft alles ziemlich ruhig ab, besser gesagt, wir sprechen nur sehr wenig miteinander. Ich kümmere mich nach wie vor um meine hausfraulichen Pflichten, koche, wasche, putze, bügle und erledige kleine Besorgungen. Unser gemeinsames Konto haben wir bereits aufgelöst, ebenso das letzte Geld vom Sparbuch abgehoben und aufgeteilt. Es ist kaum der Rede wert, was die Summe betrifft, doch für mich war das ein schlimmer Schritt. Schließlich war gerade dieses Sparbuch eine unserer ersten materiellen Verbindungen, auf Vertrauen aufgebaut und für eine lange, glückliche Zukunft gedacht. Wir haben es eröffnet, noch ehe wir verheiratet waren und Mario hat als Losungswort meinen Namen gewählt. Nun habe ich ein eigenes Konto, auf dem kein „Haben“ sondern nur ein beträchtliches „Soll“ aufscheint, da ich mir vor kurzem ein gebrauchtes Auto gekauft habe. Na ja, das tut zwar nicht weh, bereitet mir aber dennoch Sorgen, da ich eigentlich noch nie mehr Geld ausgegeben habe, als mir zur Verfügung stand.

In einem der seltenen Gespräche teilt Mario mir mit, dass er wahrscheinlich erst in einigen Wochen eine Wohnung bekommen wird. Einerseits hoffe ich nun, dass sich die Lage bis dahin doch noch zum Guten wendet, andererseits sind die Spannungen für mich unerträglich geworden. Regelmäßig schlucke ich Tranquilizer, weine sehr viel und gehe oft mit geröteten Augen in die Schule. Meine Kollegen wissen zum Teil Bescheid, nehmen aber natürlich kaum Rücksicht auf meine Situation. Ich möchte auch gar kein Mitleid, aber etwas Nachsicht bei kleinen Fehlern, die derzeit gelegentlich passieren, würde ich mir wünschen. Manchmal komme ich mir manisch depressiv vor. Stunden tiefster Verzweiflung werden zwischendurch von Hochstimmungen, besser gesagt von Galgenhumor abgelöst, wo ich mich über Marios Verhalten ein wenig lustig mache.

Von so einer Hochstimmung werde ich eines Tages brutal herunter geholt. Im Postkasten finde ich einen Brief in einem hellblauen Kuvert. Er ist an meinen Mann adressiert, das merkwürdige Zeichen auf der Rückseite lässt mich jedoch den Absender erahnen. Ich öffne den Brief und überfliege mit zitternden Händen die Zeilen. Eine verdrängte Vermutung findet nun ihre Bestätigung. Die Schrift scheint von einem jungen, weiblichen Wesen zu stammen, der Inhalt – ein Gedicht über den Kuss und ein paar eindeutige Anspielungen – lässt mich vor Wut erstarren. Auf so viel Geschmacklosigkeit war ich nicht gefasst. Wie kann eine Frau einem verheirateten Mann so einen Brief nach Hause schicken? Natürlich gibt es ein Briefgeheimnis. Nur, welche Frau hätte bei dieser Vorahnung auf die Gewissheit verzichtet? Am Stempel erkenne ich, dass das Schreiben nahe bei Marios Dienststelle aufgegeben worden war, sie hätte es ihm also auch persönlich geben können. Zum ersten Mal braut sich in mir eine Wut zusammen, wie ich sie noch nie in meinem Leben empfunden habe. Mit den Fäusten trommle ich auf den Tisch, mein Herz beginnt wie rasend zu schlagen und ich zittere am ganzen Körper. Ich explodiere innerlich und wie ein zerstörendes Feuer erfasst eine starke Hitze schmerzhaft meinen ganzen Körper. Am liebsten hätte ich all diese Wut zum Fenster hinaus geschrieen und für Mario bedeutende Stücke hinterher geworfen. Schließlich bricht diese heftige Emotion in sich zusammen und die Gefühle der Angst, die ich für einige Minuten verloren habe, nehmen wieder ihren zu großen Raum in meinem Körper ein. Ich stecke den Brief in das Kuvert, nachdem ich ihn ein weiteres Mal gelesen habe und lege ihn Mario auf den Schreibtisch. Dann versorge ich Sascha und fahre zu einer Freundin. Bei dem Gespräch mit ihr merke ich, dass ich bis jetzt wohl von einer anderen Frau wusste, ihre Rolle aber nicht wahrhaben wollte. Nun ist ihre Existenz Realität für mich, und diese Realität ist nur schwer zu verkraften, kommen doch zu meiner außerordentlich schwierigen Situation noch weitere negative Gefühle dazu.

Viele Fragen jagen kreuz und quer durch meinen Kopf. Wer ist sie bloß? Was hat sie an sich, das meinen Mann so fesselt, ihn total verändert? Ist sie es, die uns entzweit hat, oder ist sie nur die logische Konsequenz einer nicht mehr funktionierenden Partnerschaft? Was kann sie ihm auf Dauer geben, was ich ihm nicht gegeben habe? Vielleicht ist es nur das Neue, das Unbekannte, das ja fast jeden Mann reizt. Doch dass Mario dafür alles aufgibt, mich mehr oder weniger wegwirft, kann ich einfach nicht begreifen. Ist ihm bewusst, was er mir damit antut? Weiß diese Frau von meiner Krankheit und dem vernichtenden Schmerz, den sie mir durch ihr Verhalten zufügt? Möchten die beiden wirklich eine Beziehung auf den Trümmern des Lebens eines anderen aufbauen und seine Verletzungen in Kauf nehmen? Vielleicht müssen sie erst selbst einmal in ein derart tiefes Loch fallen, aus dem es scheinbar kein Entrinnen mehr gibt, um zu begreifen, was sie damit anrichten. Ich glaube, dass diese Frau gut aussieht, vielleicht intelligent ist, spreche ihr aber Lebenserfahrung, Einfühlungsvermögen und Warmherzigkeit gänzlich ab. Eines ist jedoch sicher: Sie hat es sehr leicht, Mario für sich zu gewinnen. Ich bin schon so tief am Boden und habe keine Kraft mehr, um meine Ehe zu kämpfen. Natürlich zeigt sich mein Gefühlsleben auch in meinem Äußeren, das seine Attraktivität nahezu gänzlich verloren hat. Da ist kein Glanz mehr in meinen Augen, kein Funke von Freude, kein Lächeln, nur mehr Traurigkeit, Verzweiflung und natürlich jede Menge Angst. Gegen diese Ausstrahlung anzutreten ist wohl keine Kunst, dessen bin ich mir zwar bewusst, jedoch nicht in der Lage momentan auch nur das Geringste daran zu ändern.

Als ich an diesem Abend nach Hause komme, schläft Mario bereits. Ich lege mich daneben und schaue ihn an. Bis jetzt war er immer etwas Besonderes für mich. Ich kannte seine Ansichten über Männer, die ihre Frauen betrügen. Er war immer für Treue in der Partnerschaft, und nun will ausgerechnet er mich wegen einer anderen Frau verlassen? Und wieder suche ich nach Fehlern, die zu dieser Situation geführt haben könnten. Doch außer meinen gesundheitlichen Problemen und ihren Auswirkungen auf unser gemeinsames Leben sehe ich nichts, was Mario an mir stören könnte. Und die Hoffnung, auch dieses Problem bald zu lösen, habe ich mit Mario geteilt, zumindest dachte ich das bis jetzt.

Die wenigen Personen, denen ich in den nächsten Tagen von Marios neuer Liebe erzähle, warnen mich davor, die Schuld am Scheitern unserer Ehe nur bei mir selbst zu suchen. Schließlich sei ich all die Jahre eine rücksichtsvolle, großzügige Frau gewesen. Sie sind sogar der Meinung, dass Mario seine berufliche Laufbahn mit den entsprechenden Erfolgen wohl kaum ohne eine Frau wie mich geschafft hätte. In einigen Punkten gebe ich ihnen Recht, doch sehe ich auch Marios liebenswerte Seiten. Er war immer ein zuverlässiger Partner und hat vor allem in den Anfangsphasen meiner Angsterkrankung viel Rücksicht genommen, auch wenn seine Zeit für mich nur knapp bemessen war. Aber gerade, wenn ich mir Marios positive Charakterzüge ins Gedächtnis rufe, begreife ich am wenigsten, dass er mich jetzt verlässt, wo ich ihn doch so dringend brauche. Wenn ich dabei von mir ausgehe, so könnte ich niemals einen kranken Partner im Stich lassen, auch wenn ich meine eigenen Bedürfnisse teilweise zurück nehmen müsste. Ich würde bei meinem Mann fast so weit gehen, wie bei einem eigenen Kind. Vielleicht neigen Frauen viel eher dazu, eben auch in schwierigen Zeiten voll und ganz für ihre Familie da zu sein, vielleicht ist es aber auch nur einer meiner ureigensten Wesenszüge.

Am nächsten Morgen wirft mir Mario ziemlich böse vor, dass ich seine persönliche Post geöffnet habe. In mir kocht es und in einer heftigen Auseinandersetzung lege ich ihm nahe, so rasch wie möglich auszuziehen. Ich halte es nicht mehr aus, neben ihm zu schlafen, ihm ständig über den Weg zu laufen und vor allem bin ich nicht mehr bereit, etwa seine Wäsche in Ordnung zu halten, die er nach dem Bügeln anzieht und damit zu seiner Freundin fährt. Ab diesem Streit rühre ich keinen Finger mehr für ihn. Ich sortiere die Wäsche, koche morgens nur eine Tasse Kaffee, kaufe Kleinigkeiten für mich zum Essen und putze nur noch das Allernotwendigste. Kurz danach findet Mario eine Bleibe, lässt sich aber mit dem Ausziehen beinahe drei Wochen Zeit.

Die Tage werden für mich immer mehr zur Qual. Eine ganze Palette negativer Gefühle begleitet meine immer stärker werdende Angst, die sich derzeit auch mit meinen Tabletten nicht in den Griff bekommen lässt. Ich vermeide die Begegnung mit Mario sogar in der Wohnung und ziehe mich oft stundenlang in eines unserer Zimmer zurück. Dort lege ich mich auf die Couch, meine Augen schauen ins Leere, aber innerlich sehe ich Bilder des Schreckens, als ob meine Angst mir zeigen will, wie es in der Hölle aussieht.

Seit längerer Zeit habe ich keine Monatsblutungen mehr gehabt. Beim Zurückrechnen stellte ich fest, dass auch eine Schwangerschaft in Frage kommt. Dieses für mich früher so wichtige Thema schiebe ich nun schon einige Wochen vor mir her. Sollte ich wirklich ausgerechnet jetzt schwanger sein? Nicht nur, dass ich künftig alleine sein werde und in meinem Zustand wohl kaum fähig bin, Verantwortung für ein Kind zu übernehmen, sondern auch die große Menge an Medikamenten, die während einer Schwangerschaft zu meiden sind, könnte sich katastrophal auf ein Baby auswirken. Nachdem ich aber unter meiner Kinderlosigkeit so sehr gelitten habe, würde ich niemals einer Abtreibung zustimmen. In dieser Ausweglosigkeit verdränge ich wochenlang die Notwendigkeit, meinen Gynäkologen aufzusuchen. Es ist genau das eine Problem zuviel, bei dem man anscheinend ausschaltet, da es nicht mehr verkraftbar ist.

Als Mario eines Tages in das Zimmer kommt, indem ich mich verkrochen habe, bricht es plötzlich aus mir heraus und ich schleudere ihm meine Vermutung als Tatsache entgegen. Zunächst schaut er mich erstaunt an, meint aber schließlich, dass er es einfach nicht glaubt, dreht sich um und lässt mich alleine. Ich fasse es nicht. Glaubt er denn, ich möchte ihn auf diese Weise an mich binden? Nein, das ganz bestimmt nicht. Zu oft habe ich gehört und erlebt, dass Kinder eine kaputte Beziehung nicht retten können.

Noch während der folgenden Nacht bekomme ich starke Krämpfe, stelle aber trotz der Schmerzen erleichtert fest, dass ich nicht schwanger bin. Mario erzähle ich nichts davon, soll er doch denken, was er will.

18. Kapitel

Obwohl ich den Tag der räumlichen Trennung schon irgendwie herbei sehne, habe ich auch schreckliche Angst davor, wie ich mich fühlen werde, wenn die Türe hinter Mario endgültig zufällt. Oft male ich mir das Bild aus, wie die Abschiedsszene sein wird. Bekomme ich einen Abschiedskuss, oder gibt er mir nur die Hand? Was wird er sagen? Wie wird er sich Sascha gegenüber verhalten? Ich möchte Marios Augen sehen, wenn er sich von seinem treuen Gefährten verabschiedet. Ist da wenigstens ein Funke von Bedauern, von Schuldgefühl oder Trennungsschmerz? Der Hund tut mir schrecklich Leid. Er spürt, dass etwas im Gange ist, was ihm wehtun könnte. Viel häufiger als sonst sucht er meine Nähe, blickt mich mit seinen großen braunen Augen fragend an und beobachtet aufmerksam, wie Mario Tag für Tag Koffer für Koffer aus der Wohnung trägt. Obwohl Sascha sehr an mir hängt, ist doch Mario sein Rudelführer, dem er sich bedingungslos unterworfen hat. Sind wir beide beim Spielen in entgegen gesetzte Richtungen gegangen, hat Sascha sich zwar oft nach mir umgeschaut, gefolgt ist er aber doch immer nur seinem Herrchen. Natürlich hat Sascha die extremen Spannungen in letzter Zeit gespürt. Irgendwie scheint er unsicher zu sein, vor allem wenn Mario ihn zurück gewiesen hat, weil er wieder einmal sehr gereizt war. Auch meine starke Verzweiflung, meine Ängste und meine Traurigkeit waren nicht wirklich Vertrauen erweckend für den kleinen Vierbeiner, der sich doch voll und ganz von uns abhängig fühlt und dessen ganze Liebe uns gehört. So oft wie möglich habe ich mich deshalb ihm gewidmet, ihn gestreichelt oder mit ihm gespielt, aber seine starke Zuneigung zu Mario hielt mit der sprichwörtlichen Treue eines Hundes an.

Schließlich ist es so weit, der letzte Koffer wird in die Garage getragen. Zurück bleiben große Löcher. Zahlreiche Bücher, die Stereoanlage mit den beiden großen Boxen, ein Schreibtischsessel, eine Lampe sowie zahlreiche Kleinigkeiten fehlen plötzlich im Gesamtbild. Beim Öffnen einiger Kästen und Schubladen springt mir gähnende Leere ins Gesicht. Vor allem Marios Arbeitszimmer besteht nur noch aus ab- und ausgeräumten Möbeln.

Ich sitze beim Esstisch, rauche eine Zigarette und starre bang vor mich hin, als Mario aus der Garage zurückkehrt. Keine der erwarteten Abschiedsszenen findet statt. Ein nüchternes „Auf Wiedersehen" aus dem Vorzimmer, dann fällt die Eingangstüre ins Schloss. Das war´s, was er mir zum Abschied nach zehn gemeinsamen Jahren noch zu sagen hatte. Sekunden später lassen alle Spannungen bei mir aus. Ich sinke nach vor und vergrabe meinen Kopf in den aufgestützten Armen. Unaufhörlich sickern meine Tränen in meine Ärmel und ich habe nicht einmal die Kraft, Taschentücher zu holen. Sascha legt seinen Kopf auf meine Knie, auch er scheint tränenlos zu weinen. Als ich aufschaue, sagen mir seine Augen: „Ich bin da, und egal, was passiert, ich bleibe bei dir. Bitte, lass auch du mich nicht im Stich!" Ich knie mich auf den Boden, umarme den kleinen Kerl und verspreche ihm, dass ich, solange es mir möglich ist, für ihn sorgen werde.

Das Angebot einiger Verwandten und Freunde, bei mir zu sein, wenn es soweit ist, schiebe ich beiseite. Ich möchte jetzt mit meinem Schmerz allein sein. Aber so groß, wie erwartet, ist dieser Schmerz im Moment noch gar nicht. Ich habe eher das Gefühl, dass Mario jeden Augenblick zur Türe herein kommt und alles nur ein böser Traum war. Ich bin auch nicht in der Lage, die Symptome meiner Angsterkrankung von den schmerzhaften Trennungsgefühlen zu unterscheiden. Wichtig für mich ist, dass ich sofort beginne, neue Kraft zu sammeln, um mit den Problemen der nahen Zukunft fertig zu werden.

Bereits am nächsten Tag beginne ich, meine Wohnung in den Griff zu kriegen. Ich putze, stelle um, fülle die Löcher, indem ich Einrichtungsgegenstände anders verteile und sortiere schließlich längst fälliges Zeug, das sich im Laufe der Zeit angesammelt hat, aus.

Gegen Ende der Woche kommt Mutti. Sie hat es zu Hause schon nicht mehr ausgehalten. Die Sorge um mich lässt sie kaum noch schlafen. Sie befürchtet, dass sich meine Krankheit weiter verschlimmert. Ihr Bangen belastet mich allerdings zusätzlich, und so nehme ich mir vor, ihr zu zeigen, dass es mir gar nicht so schlecht geht. Trotz vieler Beruhigungsmittel bedeutet es für mich eine große Anstrengung, meine wahren Gefühle zu verbergen und damit sind neuerliche Spannungen vorprogrammiert. Sie will, dass ich esse, was mir derzeit schwer fällt und absolut unwichtig erscheint. Bei jeder Zigarette erhalte ich vorwurfsvolle Blicke und auch kleine Nachlässigkeiten die Wohnung betreffend sind ihr ein Dorn im Auge. Wenn sie einkaufen geht, bringt sie Köstlichkeiten in rauen Mengen und ist gekränkt, dass ich weder das noch ihre Kochkünste zu schätzen weiß. Ich kann ihre mütterliche Fürsorge gut verstehen, die ständige Bevormundung tötet mir aber den Nerv. Was ich derzeit am dringendsten brauche, ist Ruhe und Gesprächspartner, die ich mit meinen Problemen nicht zu sehr belaste. Das ist bei meiner Mutter nicht der Fall. Sie hat einen sehr stark ausgeprägten Charakterzug: Wenn ein ihr nahe stehender Mensch einen Schicksalsschlag erleidet, erweckt sie den Eindruck, dass eigentlich sie diejenige ist, die am meisten damit zu kämpfen hat. Ihr Mitleid wird dann zu einem Selbstmitleid, das in keiner Weise in angemessener Relation zum Leid des Betroffenen steht. Sie drängt mich nun auch diesmal in eine Rolle, in der ich versuche, ihr Leid zu mindern, was mir aber zutiefst widerstrebt. Einerseits froh, nicht alleine zu sein, bin ich andererseits doch erleichtert, als sie wieder nach Hause fährt. Ich glaube auch, dass ich ihr erfolgreich vermitteln konnte, durchaus in der Lage zu sein mein Leben zu meistern und mit der neuen Situation fertig zu werden. Was sie nicht weiß: Ich schlucke relativ große Mengen Tranquilizer. Darüber möchte ich derzeit aber niemandem Rechenschaft ablegen.

In nächster Zeit gönne ich mir, soweit wie möglich Ruhe, gehe viel mit Sascha spazieren und erledige nur dringend Notwendiges. Finanziell schaut es nicht gerade rosig aus. Ich überlege, wo ich am besten einspare und wie ich die Summe für Mario auftreiben könnte. Brauchbares fällt mir dazu nicht ein. Die meisten Ideen scheitern an meinen Angstvorstellungen. Gelegentlich treffe ich mich mit Freunden und einmal pro Woche gehe ich in ein Schwimmbad. Ich bemerke, dass ich nun wesentlich mehr Zeit für mich habe, vielleicht zu viel, da sich deshalb auch meine Gedanken ständig mit Mario beschäftigen. Ich möchte dieses Zuviel an Zeit sinnvoll nützen, doch wieder sind es meine Angstzustände, die so manche Idee im Keim ersticken.

Die Niederschrift meines Leidensweges kommt mir plötzlich wieder in den Sinn. Schreiben, ja, alles aufschreiben scheint für mich ein wichtiger Teil der Aufarbeitung meiner Probleme zu sein. Ich hole die Zettel hervor, die vor einigen Monaten in einer Schublade verschwanden, und lese sie aufmerksam durch. Das zeigt mir sehr deutlich, welche Fortschritte ich hinsichtlich meiner Krankheit bis kurz vor Marios Hiobsbotschaft gemacht habe. Einige Ergänzungen sind nötig und dann sprudelt es nur so aus mir hervor. Schwierig dabei ist, in das Chaos an Ereignissen und Gefühlen Ordnung zu bringen. Hoffentlich lassen die letzten Vorkommnisse eine Fertigstellung des Manuskriptes zu, denn fertig ist es ja nur, wenn meine irrationalen Ängste besiegt sind. Vorläufig wage ich noch nicht einmal davon zu träumen. Vielleicht führt aber gerade meine erzwungene Selbständigkeit zu einer rascheren Heilung. Hoffentlich! Dann hätte auch dieser für mich so harte Schicksalsschlag etwas Positives mit sich gebracht. „Betrachte es als neue Chance!“, sagte eine gute Freundin. „Es wird eine Rosskur für dich sein!“; meinte meine Tante. Nun, wir werden ja sehen.

Das kommende Wochenende, durch einen zusätzlichen Feiertag verlängert, möchte ich zur Entspannung nutzen. Ich nehme mir vor, mir mit Hilfe des autogenen Trainings innere Ruhe zu verschaffen, bei schönem Wetter, solange es mir möglich ist, mit Sascha im Park spazieren zu gehen und weiter an meinem Manuskript zu schreiben. Doch schon Freitag gegen Mittag überkommt mich eine massive Unruhe. Ich nehme eine große Menge Baldrian und mit einer hohen Dosis Kreislaufmittel schaffe ich es gerade noch, Sascha zum dringend notwendigen Mittagsspaziergang hinaus zu führen. Hastig eile ich durch den Park zur nächst gelegenen Bank, deren Anblick den aufkommenden Schwindelanfall abklingen lässt. Ich setze mich und hoffe, dass niemand mich anspricht. Ein eigenartiges Gefühl, eine Mischung von Geruch, Geschmack und Druck, durchflutet in Sekundenschnelle immer wieder Nase, Mundhöhle und Stirn. Ich kenne dieses Gefühl, weiß aber nicht, woher. Schon zu Beginn meiner Angstzustände trat es immer wieder auf, aber auch damals konnte ich nicht sagen, woher ich es kenne. Vielleicht hat man dieses Gefühl während einer Narkose und kann es deshalb nicht in das Bewusstsein einordnen? Ich konzentriere mich darauf, um es besser beschreiben zu können. Möglicherweise kann meine Therapeutin etwas damit anfangen. Mich beunruhigt es auf jeden Fall und macht mir Angst, die sich plötzlich zur Panik steigert. Ich rufe und pfeife nach meinem Hund, der seelenruhig seinen Auslauf genießt. Er lässt mich warten, während mein Herz rast und die Kleider an meinem Körper immer feuchter werden. Endlich taucht er auf. Ich nehme ihn hastig an die Leine und von Schwindelgefühlen gepackt torkle ich wie ein Betrunkener nach Hause. Als ich meine Wohnung erreiche, setze ich mich sofort hin und alles, was ich mir für die nächste Zeit vorgenommen habe, ist mir plötzlich völlig egal. Hunger und gleichzeitiger Ekel vor dem Essen plagen mich, das seltsame Gefühl in Nase und Mund wird nun auch noch begleitet von starken Kopfschmerzen. Auch der Knoten im Hals ist wieder da und lässt mich kaum atmen. Fängt nun alles wieder von vorne an? Meine Angst vor der Angst wird immer größer. Was soll ich nur tun? Ich versuche, meine Therapeutin zu erreichen. Vergeblich, sie hat dienstfrei und zu Hause meldet sich auch niemand. Meine Verzweiflung kennt keine Grenzen. Ich will nicht noch einmal so tief hinunter fallen. Ich habe nicht genug Kraft zu kämpfen und ohne Mario bin ich derzeit völlig verloren.

Für mich scheint es plötzlich nur noch einen Weg zu geben. Vielleicht ist es dort, wo sich mein Vater jetzt befindet, viel schöner. Meiner Vorstellung nach gibt es dort keine Angst, keinen Schmerz, einfach nur positive Gefühle in einer Atmosphäre von Liebe, Ruhe, Geborgenheit und Sicherheit. Sascha nehme ich mit, ich kann ihn nicht alleine zurück lassen. Beinahe den ganzen Nachmittag ringe ich mit mir selbst. Schließlich rufe ich Michael an, damit er mit Sascha eine Runde im Park geht. Im Vorzimmer drehe ich nicht einmal das Licht an, damit der Junge meine stark geröteten Augen nicht sieht.

Gegen Abend wird mein Zustand immer schlimmer. Alle körperlichen Begleiterscheinungen meiner Ängste, die mich bis jetzt auf Raten heimgesucht haben, treten nun geballt auf. Wenn nur Mario da wäre! Ich bin versucht, ihn anzurufen; aber wozu? Er liebt mich nicht mehr, hat mich alleine gelassen und vielleicht liegt er gerade glücklich in den Armen seiner Freundin. Wahrscheinlich würde er es auch ablehnen zu kommen, und wenn doch, dann höchstens aus Mitleid oder schlechtem Gewissen. So weit möchte ich es nicht kommen lassen.

Die aussichtslose Situation und das Gefühl, allen anderen nur noch zur Last zu fallen, bestimmen mein Denken. Ich lege mich zu Sascha auf den Boden, umklammere ihn und bedecke seinen kleinen Körper mit meinen Tränen. Er lässt dies geduldig über sich ergehen, dann hebt er den Kopf, sieht mich mit seinen dunklen Augen an und leckt liebevoll die Tränen von meinen Wangen. Schließlich drückt er sich an mich und ruft damit bei mir das Gefühl des Gebrauchtwerdens hervor. Schaffe ich das oder ist der Weg zum Bahngeleise wirklich der einzige Ausweg? Saschas Blick führt schließlich, wie schon vor einiger Zeit, die Entscheidung herbei. „Ich schaffe es!“, flüstere ich ihm ins Ohr, raffe mich auf und führe ihn noch einmal kurz vor das Haus. Diesmal bleibe ich schon bei der Eingangstüre stehen, umklammere das Stiegengeländer und hoffe, dass Sascha sich beeilt. Ich bin schrecklich schwindlig.

Bald danach gehe ich zu Bett. Es ist eine unruhige Nacht. Immer wieder wache ich auf, drehe mich von einer Seite zur anderen, und nicke dann wieder für kurze Zeit ein. Irgendwann erlebe ich dabei einen seltsamen Traum: Ich sehe mich durch den Park gehen. Aus allen Öffnungen meines Kopfes quillt eine zähe, schwarze Masse, die vor mir immer größere Dimensionen annimmt. Mit ungeheurer Kraft greife ich nach dem schwarzen Etwas und klebe es an einen der zahlreichen, dicken Bäume. Leicht ist es nicht, das klebrige Zeug von meinen Händen abzustreifen, doch schließlich bin ich es los und laufe schreiend davon. Schweißgebadet wache ich auf und als ich mich wieder ganz in der Realität befinde, stelle ich mir die Frage, ob das meine Angst war, die meinen Körper verlassen hat und nun an einem Baum im Park klebt. Vielleicht war das komprimierte Auftreten der Angstsymptome vom Vortag das letzte Aufflackern dieser Krankheit, die sich während des Schlafes nun von mir verabschiedet hat. Die Vorstellung macht mir Mut und einige Tage fühle ich mich doch wohler.

Bald jedoch ist das kleine Hoch vorbei. Ich esse kaum, schlafe schlecht, leide an Durchfall und heftigem Schwindel. Herzbeschwerden, deren Ursachen sicher in der Angst zu finden sind, verstärken diese noch. Um wenigstens meinen Beruf ausüben zu können, schlucke ich entsprechende Mengen an Medikamenten. Ich muss ja schließlich für meinen Lebensunterhalt aufkommen.

Wenn ich in den Spiegel schaue, erschrecke ich meist vor mir selbst. Die Wangenknochen treten stark hervor, das Gesicht ist aschfahl, und unter den meist geröteten Augen liegt ein tiefer, dunkler Schatten. Selbst mehr Make up bewirkt kaum ein frischeres Aussehen. Auch die Waage zeigt nur noch 41 Kilo, sieben Kilo unter meinem üblichen Gewicht. Alle Kleidungsstücke hängen lose an meinem Körper, selbst die engsten Hosen sind zu weit. Ich zwinge mich zu essen, nehme aber nicht zu. Meine körperlichen Beschwerden werden immer ärger, was ich kaum noch für möglich gehalten habe. Meine Verzweiflung und meine Ängste lassen mich nicht zur Ruhe kommen. Nur ein Wunder kann mir noch helfen, aus diesem Teufelskreis zu entkommen.

II. TEIL

1. Kapitel

Seit etwa sechs Jahren arbeite ich nun als Journalistin. In meinem Arbeitszimmer türmen sich Berge von Papier, hauptsächlich diverse Mitschriften von Interviews und besonders interessante Beiträge, die ich an Medien verkauft habe. Jetzt ist es höchste Zeit, Platz und Ordnung zu schaffen. Das verlängerte Wochenende scheint mir geeignet zu sein, da ich sonst nichts Besonderes vorhabe. Ich nehme mir Lade für Lade und Kästchen für Kästchen vor. Dabei entdecke ich auch mein altes Manuskript, das ich kurz nach meiner Trennung von Mario, also vor 16 Jahren, resigniert beiseite gelegt habe. Noch am Boden sitzend blättere ich einige Kapitel durch und lese den einen oder anderen Abschnitt. Plötzlich packt mich mein Mitteilungsbedürfnis. Ich wollte doch ein Buch schreiben, das erst fertig ist, wenn ich wieder gesund bin. Nun scheint es soweit zu sein und vielleicht sollte ich das Ende meines Weges durch die Hölle der Angst durch das Fertigstellen dieses Manuskripts besiegeln. Als ich mit dem Aufräumen fertig bin, mache ich es mir im Wohnzimmer bequem und widme mich den Zeilen meiner Vergangenheit.

Die nächsten Tage kommen mir immer wieder Ereignisse, die mein Leben seither geprägt haben, in den Sinn. Natürlich kann ich mich nicht, wie im ersten Teil, an all die täglichen Situationen erinnern, doch gab es viele tief greifende Erlebnisse, die sich mit allen ihren Details in meinem Gedächtnis, aber auch in meiner Seele verewigt haben. Nachdem ich den ersten Teil meiner Niederschrift in den Computer getippt habe, kann ich es kaum erwarten, mich der Fortsetzung zu widmen.

Einige Monate nach Marios Auszug aus unserer gemeinsamen Wohnung erfuhr ich durch eine Fernsehsendung von einem Arzt, der mit zahlreichen alternativen Heilmethoden und besonderen Kräften auch Menschen helfen könne, die von der Schulmedizin bereits aufgegeben waren. Nachdem mein Vertrauen in die Schulmedizin ziemlich enttäuscht war und auch die kostspieligen Therapien nicht wirklich zum Erfolg geführt hatten, klammerte ich mich nun an diesen Hoffnungsschimmer. Vielleicht kennt dieser Arzt einen Weg, der meine schwer angeschlagenen Gefühle, meine alles beherrschende Angst und damit verbunden meine zahlreichen körperlichen Beschwerden abklingen lässt und mir so ein lebenswertes Dasein ermöglicht. Ein Strohhalm, doch momentan das Einzige, woran ich mich halten konnte.

Rainer, mein Neffe, begleitete mich zu Doktor Hochner, der in einem idyllischen kleinen Städtchen im gebirgigsten Teil unseres Landes seine Praxis hat. Was uns dort erwartete, ist kaum zu beschreiben. In einem mittelalterlichen Gebäude mitten in der Stadt pilgerten unzählige Menschen durch Warteräume, die nur spärlich eingerichtet waren, soweit die lose von der Decke hängenden Glühbirnen das ans Licht brachten. Die aus verschiedenen Nationen stammenden Patienten hatten zwar Nummern, die für eine gewisse Reihung sorgen sollten, doch hielt sich nach mehreren Stunden Wartezeit kaum noch jemand daran. Auch in den Behandlungsräumen saßen meist mehrere Menschen, warteten auf

Spritzen, vor allem aber auf das Kommen eines unscheinbaren Mannes, der ihnen meist wortlos die Hand auflegte und danach ebenso schweigend im nächsten Behandlungsraum verschwand. Neue Patienten mussten meist erst von anderen davon in Kenntnis gesetzt werden, dass es sich bei dieser Erscheinung um jenen Arzt handelt, der von vielen Menschen als Wunderheiler bezeichnet wurde. Drei Sätze waren es bei mir, die Doktor Hochner genügten, um Diagnose und Therapie zu bestimmen. Das schien mir sehr dürftig, war ich doch auf ein längeres Gespräch vorbereitet. Sein knapper Kommentar „Das wird schon wieder", musste genügen, denn hinter mir drängten bereits die nächsten Patienten nach, um möglichst nahe an den Arzt heranzukommen. Da die Zeit für ein Gespräch nicht gegeben war, schrieb ich von da an jedes Mal zwei Fragen auf einen Zettel, um wenigstens das für mich Wichtigste zu klären. Als er nun seine Hand auf meine linke Schulter legte, spürte ich ein Kribbeln und wenige Minuten danach beruhigte sich mein Herzschlag, ein angenehmes Gefühl, das ich seit Monaten nicht mehr hatte. Mein Glaube an die besonderen Kräfte des Arztes war geweckt und ich wollte solange bei ihm in Behandlung bleiben, bis ich vollkommen gesund war.

Während unseres Aufenthalts hörten und sahen Rainer und ich Unwahrscheinliches. Wir konnten miterleben, wie ein Unfallopfer, das sich nur auf allen Vieren am Boden fortbewegen konnte und das ununterbrochen seine Arme und Beine in alle Richtungen verdrehte, wieder gehen lernte. In der Anfangsphase beobachtete ich, wie sich der an sich intelligente Bursche zwischen den Beinen der anderen Patienten durchkrümmte, um in den Behandlungsraum zu gelangen. Seine permanent in Bewegung befindlichen Muskeln brauchten enorm viel Energie. Ich habe noch nie einen Menschen so viel essen und trinken gesehen. Als ich ihn bei meinem zweiten Aufenthalt in der Praxis des Arztes traf, staunte ich über seine Fortschritte, im wahrsten Sinne des Wortes. Zunächst bewegte sich Christian, wie er sich uns vorstellte, auf seinen Beinen aufgerichtet nur rückwärts, doch als ich ihm beim nächsten Mal in einer Pension des Arztes begegnete, gingen wir an einem Nachmittag gemeinsam in ein Lokal und Christian schwang sich mit einem stolzen Lächeln auf den Lippen auf einen Barhocker, bevor wir stundenlang unsere Erfahrungen mit Doktor Hochner erörterten.

Vormittags und abends suchten Rainer und ich drei Wochen lang die Praxis des Arztes auf. Das lange Warten in den kalten, von Menschen überfüllten Räumen strapazierte meine Nerven sehr stark. Nur selten gelang es mir, einen der spärlichen Stühle zu ergattern. Sitzen war immer noch besser, da mich das Stehen in dem Menschenrudel sehr nervös werden ließ. Gelegentlich stellte ich mich vor die Eingangstüre. Dort konnte ich einerseits rauchen, andererseits brauchte ich dazwischen auch immer wieder Abstand von den überwiegend schwer kranken Menschen, deren Leid auf mich erdrückend wirkte. Während einer dieser Rauchpausen sprach mich ein Mann an, der mir schon vor ein paar Tagen aufgefallen war. Er war offensichtlich die Begleitperson einer jungen Frau, die schwer behindert in einem Rollstuhl saß. Wie üblich unterhielten wir uns über den außergewöhnlichen Arzt, doch dann erzählte der Mann von sich. Mit Bildern dokumentierte er, wie er wegen Multipler Sklerose zunächst im Rollstuhl gelandet war und dann von seiner Frau verlassen wurde, als er bereits jemanden brauchte, der ihn fütterte und wickelte. Nun stand er vor mir, auf seinen eigenen Beinen und half diesem Mädchen, das an einer ähnlichen Krankheit litt. Ich dachte natürlich, dass auch er Patient bei Doktor Hochner gewesen sei, doch erzählte er durchaus glaubwürdig, dass er es durch seine eigene Kraft geschafft hatte. Er hielt sich zwar an die Schulmedizin, trainierte aber darüber hinaus konsequent seine Muskeln. Zusätzlich nahm er Lebertran. Vor allem aber half ihm seine mentale Arbeit, bei der er mit der Kraft seiner Gedanken seine Selbstheilungskräfte so stark mobilisieren konnte, dass, bis auf ein blindes Auge, nichts von seinem Leiden zurück geblieben war. Mich hatten seine Worte sehr beeindruckt, auch die Kraft, die dahinter zu spüren war. Ich dachte später noch oft an diesen Mann, war er doch der Anlass dafür, dass ich mich auf die Suche nach jener Kraft begab, die sich in mir befindet, bis dahin aber noch kaum bewusst genutzt wurde. Ich erkannte auch, dass das bloße Vorsagen positiver Sätze und das nur mit dem Kopf trainierte autogene Training bei mir eigentlich keine Veränderung herbeigeführt hatten. Ich musste zu meiner inneren Kraftquelle vordringen und nicht nur an der Oberfläche kratzen. Wie stark diese Kräfte sein können, merkte ich ja schon lange genug an meinen Ängsten, die auch so tief saßen, dass mein Verstand sie nicht erfassen konnte. Warum sollten also nicht auch positive Energien in mir sein, die es galt zu wecken.

Wie ein Schlag ins Gesicht war für mich das Auftauchen einer schwer depressiven Frau. Als ich eines Tages mit dem Rücken zur Tür im Speisesaal saß, wurde es plötzlich unheimlich still. Die Gespräche der Gäste verstummten und auch die Geräusche, die durch Besteck, Gläser und Teller entstehen, verebbten. Ich fühlte einen eisigen Schauer über meinen Rücken fließen und wie alle anderen drehte ich mich um. Soeben hatte eine Frau den Raum betreten, begleitet von einem Mann, der sie zu einem Tisch lotste. Eigentlich bestand sie nur aus Knochen, ihre spärliche Kleidung hing an ihr, wie auf einem zu kleinen Kleiderbügel. Die kurzen blonden Haare wirkten stumpf und ungepflegt. Das Schlimmste aber war ihr Blick. Die großen, braunen Augen starrten ins Leere. Sie lagen tief in ihren Höhlen, von dunklen

Ringen umrandet. Für mich war sie ein Abbild des Todes und ich musste den Raum verlassen, da die Ausstrahlung der Patientin mich zum Zittern brachte. Wie ich später erfuhr, litt sie seit vielen Jahren an schweren Depressionen. Vier Selbstmordversuche, darunter ein Sprung aus dem siebenten Stock ihres Wohnhauses, ließen sie nicht aus diesem schrecklichen Leben fliehen. Derzeit empfand sie eigentlich nichts mehr, weder Hunger und Durst, noch Wärme oder Kälte. Ihr Anblick verfolgte mich noch viele Tage und ich befürchtete, vielleicht selbst in dieses leblose Vegetieren zu fallen. Zum Glück kam ich aber wieder in Gesellschaft von Patienten, die von ihren Besserungen und Heilungen sprachen und so verdrängte ich das Schicksal dieser Kranken als seltenen Ausnahmefall.

Mein erster von den etwa sieben Aufenthalten bei Doktor Hochner dauerte also drei Wochen. Nach jedem weiteren Mal fuhr ich mit einer Tasche voll Kräutern, die man als Tee zubereitete, mit einem Tonikum, das der Arzt selbst aus asiatischen Pflanzen herstellte, sowie einer Anzahl kleiner Fläschchen nach Hause zurück. In diesen Fläschchen befanden sich rötliche, scharf schmeckende Tropfen, die ich in den folgenden Jahren in großen Mengen konsumierte. Begonnen habe ich mit dreimal vier Tropfen täglich, mit der Zeit nahm ich sie mehrmals am Tag, meist gleich vom Fläschchen in den Mund und gezählt hatte ich sie längst nicht mehr. Sie schienen am wirksamsten zu sein und enthielten meiner Meinung nach pflanzliche Wirkstoffe. Die Rezeptur war ein Geheimnis des Arztes. Für mich war aber ohnehin nur die Angst lösende Wirkung von Bedeutung und ich geriet beinahe in Panik, wenn mein Vorrat zu Ende ging und die neue Lieferung, die ich telefonisch bestellte, auf sich warten ließ. Sonst spürte ich keine entscheidenden Verbesserungen meines Gesundheitszustandes, doch der Tapetenwechsel, die reine Bergluft und der Kontakt mit anderen Menschen reichten, um jedes Mal von einem gewissen Erholungsfaktor sprechen zu können. Nur der Habenstand auf meinem Konto schmolz dahin, wenn ich mich in die Hände dieses Arztes begab. Das, was andere für Urlaube, gutes Essen oder etwa Freizeitaktivitäten ausgaben, investierte ich in die Behandlungen. Als ich die Kosten nicht nur von Doktor Hochner, sondern auch der anderen Behandlungen überschlug, stellte ich fest, dass ich dafür im Laufe der Jahre schon einen kleinen Luxusschlitten bekommen hätte. Aber wozu brauchte ich schon einen teuren Wagen, wenn ich es ohnehin nicht weiter als bis zu meinem Arbeitsplatz schaffte?

2. Kapitel

Es war Ende Oktober. Seit etwa einem halben Jahr arbeitete ich als Autorin für Lernsoftware in einer Firma, die einem ehemaligen Kollegen von mir gehörte. Als er mir das Angebot machte, versuchte ich zunächst neben dem Unterrichten dort tätig zu sein. Das neue Aufgabengebiet und die Ansprüche der Privatwirtschaft waren sehr reizvoll und führten auch gesundheitlich zu einer gewissen Besserung. Viele Arbeitsstunden ließen mir auch kaum Zeit, Mario nachzutrauern. Nur Sascha kam um einiges zu kurz. Ich nahm schließlich eine Auszeit von der Schule und widmete mich dem Aufbau der noch sehr jungen Firma. Als etwas Ruhe einkehrte, beschloss ich, mich ein zweites Mal von Doktor Hochner behandeln zu lassen. Ich reservierte ein Zimmer in einer kleinen Pension und nachdem ich Sascha von Martina gut versorgt wusste, begab ich mich auf die Reise.

Die Pension war in jeder Hinsicht klein, einschließlich meines Bettes. Im Esszimmer standen sechs Tische für je vier Personen und ich wählte einen Platz, von dem aus ich alle anderen Gäste sehen konnte. Ein Problem war jedoch, dass ich auch abends in die etwa zwei Kilometer entfernte Ordination des Arztes musste und dafür gab es keine Fahrgelegenheit. Zu Fuß in der Dunkelheit – Doktor Hochner schloss nicht selten erst nach Mitternacht seine Praxis – alleine auf einer Landstraße nach Hause zu gehen, war mir unheimlich. Im Gespräch mit meiner Gastgeberin erfuhr ich, dass ein Herr in meinem Alter ebenfalls am Abend die Ordination aufsuchen möchte. Beim nächsten Mittagessen schaute ich mich nach diesem möglichen Begleiter um. Er fiel mir gleich auf, nicht nur, weil er neu war. Sein Gesicht konnte ich zuerst nicht sehen, da er tief über den Teller gebeugt keinen Blick in meine Richtung riskierte. Unser gemeinsames Laster, das Rauchen, brachte uns schließlich ins Gespräch, da das nur vor dem Haus gestattet war. Ohne Umstände sprach ich ihn an. Er wirkte zwar schüchtern, schien aber doch froh zu sein, nun jemanden zu kennen, dem die merkwürdigen Umstände in der Ordination bereits vertraut waren, nachdem er bei seinem ersten Termin sieben Stunden auf die Behandlung warten musste. Und so machten Stefan und ich uns täglich zweimal auf den Weg, wobei er von meinem Stein im Brett des Arztes profitierte, der mich häufig vor bereits viel länger wartenden Patienten an die Reihe nahm.

Stefan entpuppte sich als sympathischer Gesprächspartner. Von Anfang an fanden wir immer wieder interessante Themen, wobei er am liebsten über Gott und die Welt im wahrsten Sinne des Wortes sprach. Er lebte seit acht Jahren in einer partnerschaftlichen Beziehung, in der es aber empfindlich kriselte. Zu Doktor Hochner trieben ihn Depressionen, doch aus seinen Gesprächen entnahm ich, dass er auch mit esoterischen Methoden versucht hatte, mit seinem Leben zurechtzukommen.

Am zweiten Abend, auf dem Heimweg nach der Behandlung, kostete es mich einige Mühe, Stefan dazu zu überreden, noch ein Getränk mit mir in einem Lokal zu konsumieren. Ich schaffte es, bemerkte jedoch, dass sich mein Begleiter nicht gerade selbstsicher durch die Gaststätte bewegte und anfangs auch ziemlich nervös mit Bierdeckeln, Zahnstochern und seinem Glas spielte. Erleichtert kam er mir erst vor, als wir gegen Mitternacht auf einer Bank vor unserer Pension nur noch eine Zigarette rauchen wollten. Es hatte sicher nicht mehr als drei Grad plus und der Polster, auf dem wir saßen, war ziemlich feucht. Nun, ins Bett kam ich erst zwei Stunden später. Es waren wesentlich mehr als eine Zigarette, die wir in romantischer Atmosphäre rauchten. Wir spürten, dass die Wellenlänge zwischen uns passte, doch weder Stefan noch ich hatten die Absicht, derzeit eine neue Beziehung einzugehen. Die erwartete Erkältung blieb aus, war doch mein Körper erfüllt von stark positiven Gefühlen, gegen die Viren oder Bakterien keine Chance hatten. Am Ende der Woche fühlten wir uns beide sehr wohl. Meine Angstsymptome waren zwar noch immer da, hatten aber etwas Platz für ein Gefühl gemacht, von dem ich dachte, dass ich es nie wieder verspüren werde: Ich war verliebt. Die sechsstündige Bahnfahrt nach Hause war von etwas Wehmut begleitet. Stefan und ich verabschiedeten uns, einig dahingehend, dass er seine Beziehung wieder in den Griff kriegen sollte und ich mich erst einmal ganz von Mario lösen musste. Einige Zeit schrieben wir uns noch Briefe, dann war es auch damit vorbei, da Stefans Freundin sehr eifersüchtig war.

Ziemlich genau ein Jahr danach erhielt ich plötzlich einen Anruf, über den ich mich sehr freute. Stefan hatte das starke Bedürfnis, mit mir zu sprechen. Vor kurzem wurde er an den Bandscheiben operiert, konnte derzeit nur stehen oder liegen und nicht nur an seiner Stimme merkte ich, dass es ihm auch psychisch nicht wirklich gut ging. Da er seit einigen Monaten wieder ein Singledasein führte, schlug ich ihm vor, sich meinem geplanten Aufenthalt bei Doktor Hochner anzuschließen. Er war sofort damit einverstanden und als ich einige Wochen später an dem kleinen Bahnhof ankam, stand ein abgemagerter Stefan in Begleitung unseres Gastgebers am Bahnsteig, höchst erfreut und schrecklich aufgeregt.

Wir genossen die gemeinsamen Tage, die Behandlungen bei Doktor Hochner standen eher an zweiter Stelle. Ein älteres Paar, das mit eigenem Auto gerüstet war, lud uns mehrfach ein, an kleinen Ausflügen teilzunehmen. In langen Gesprächen lernte ich Stefan auch etwas besser kennen und einige seiner Aussagen, die Einblick in sein Gefühlsleben gaben, ließen ihn mir noch sympathischer werden. Doch auch diese Tage gingen zu Ende, wir wollten uns aber nicht mehr aus den Augen verlieren. Sobald ich zu Hause ankam, erhielt ich täglich mindestens einen Brief von Stefan und meist rief er mich schon vorher an und erzählte mir stundenlang, was mich in dem Brief erwartet. Er hatte Zeit, da er noch im Krankenstand war, für mich war sein Bombardement teilweise aber auch nervend. Außerdem erwartete er von mir, dass ich auf jeden seiner Briefe antworte.

Auf Stefans Drängen hin, kam er gelegentlich übers Wochenende zu mir und wenn es meine Ängste zuließen, stattete ich ihm einen Besuch ab, wofür ich eine Strecke von rund 200 Kilometern in Kauf nehmen musste. Voll gepumpt mit Beruhigungsmitteln bewältigte ich diese Fahrten mit dem Auto, da die Bahnverbindung das Doppelte an Zeit in Anspruch nahm. Eigentlich kam ich mir verantwortungslos und fast schon kriminell vor, wenn ich mich in diesem Zustand hinter das Lenkrad setzte.

Im Laufe der Zeit wurde unsere Beziehung immer enger, dennoch hatte ich einige schlaflose Nächte, als Stefan mit dem Wunsch an mich herantrat, zu mir zu ziehen. Ich wusste nicht so recht, ob ich für eine neue Zweisamkeit schon bereit war und nachdem Stefan seinen Job in der Krankenhausverwaltung sowie seine Wohnung aufgeben wollte, lehnte ich zunächst ab. Doch Stefan kann sehr stur sein. Er hatte es sich in den Kopf gesetzt, mit mir zusammen zu sein. Mit allen Mitteln versuchte er mich zu überzeugen, bis ich es schließlich seiner Verantwortung überließ, diesen Schritt zu setzen. Ihm konnte es nun gar nicht schnell genug gehen, seine Zelte abzubrechen und ein bedeutender Teil meines Lebens zu werden.

Die ersten Wochen verliefen sehr harmonisch und abwechslungsreich. Ich zeigte Stefan unsere schöne Stadt, gemütliche Lokale, reizvolle Ausflugsziele und Geschäfte, die die Waren für das tägliche Leben boten. Während ich arbeitete – ich war wieder in der Schule –, erforschte Stefan sein neues Zuhause. Auf meine krankheitsbedingten Einschränkungen nahm er Rücksicht. Immer wieder versicherte er mir auch, dass ich bald gesund sein werde, zumindest würde er dafür tun, was ihm möglich war. Viele Gespräche führten wir auch über Glauben, Religion und Übersinnliches. Stefan hatte sich sehr viel mit Christus beschäftigt und war von dessen Aufopferung für uns Menschen überzeugt. Er betete viel zu ihm, besser gesagt führte er Gespräche mit ihm, in denen er auch seine Hilfe erbat.

Stefans Neigungen zum Übersinnlichen schränkte ich insofern ein, dass ich ihn ersuchte, in unserer Wohnung keine Geister zu beschwören oder Kontakte zu Verstorbenen herstellen zu wollen.

Ich bin zwar davon überzeugt, dass es sehr vieles gibt, was wir uns noch nicht erklären können, doch halte ich ein starkes Engagement auf diesem Gebiet für gefährlich, vor allem bei Menschen, die in ihrer Persönlichkeit nicht gefestigt genug sind, und dann meiner Meinung nach in eine Welt flüchten, in der sie sich erst recht im Chaos verlieren. Mit diesen Sphären sollte man sich erst dann beschäftigen, wenn man die irdische Realität zu meistern gelernt hat. Und meiner Meinung nach hatte Stefan an sich noch ziemlich zu arbeiten, bevor man von einer Person sprechen konnte, die mit beiden Beinen im Leben stand. Um meine Argumente zu unterstreichen las ich kritisch einige Bücher zu den Themen und schaute mir gemeinsam mit Stefan Videos an, über die wir anschließend diskutierten.

Die ersten Probleme tauchten auf, als Stefan trotz diverser Kurse keinen Arbeitsplatz fand. Körperlich konnte er aufgrund seiner Bandscheibenprobleme keine schweren Tätigkeiten ausführen, für viele Neueinstiege war er mit seinen 35 Jahren bereits zu alt und in jenen Bereichen, für die er eine Ausbildung hatte, gab es kaum Angebote. Stefan ist ein Mensch, der Aufgaben, Erfolge und Anerkennung braucht, das Nichtstun drückte sehr stark auf seine Stimmung und die latent vorhandenen Depressionen versuchte er mit Alkohol wegzuspülen. Eine neue Angst trat damit in mein Leben, die auch sehr bald ihre Berechtigung erhielt, als eines Abends zwei Polizeibeamte bei mir läuteten um mir mitzuteilen, dass Stefan einen Autounfall hatte und nun mit schweren Kopfverletzungen auf der Intensivstation im Krankenhaus lag. Meine Vermutung, dass Alkohol mit im Spiel war, bestätigte Stefan nach einigen Wochen.

Als „nur“ Lebensgefährtin durfte ich ihn erst am nächsten Tag im Krankenhaus besuchen, als die Ärzte der Ansicht waren, dass er das Schlimmste überstanden hätte. Seine Mutter, die ich verständigt hatte, war sofort gekommen und begleitete mich ins Krankenhaus. Von Stefans Anblick waren wir beide entsetzt, doch schließlich nahm die Freude darüber zu, dass er den Unfall überlebt hatte, was nach der Besichtigung meines zu Schrott gefahrenen Wagens für uns an ein Wunder grenzte.

Als Stefan nach drei Wochen wieder zuhause war, musste ich ihn noch weitere neun Wochen pflegen. Aufgrund eines Kieferbruchs konnte er nur durch eine kleine Zahnlücke mit einem Strohhalm Nahrung aufnehmen und so zerkleinerte ich etwa Fleisch in einer Kaffeemühle und mischte es zu dünnem Brei verarbeiteten Beilagen. Von all den Vorgängen, beim Unfall angefangen, wusste Stefan später kaum noch etwas. Nahezu zwölf Wochen fehlten völlig in seinem Bewusstsein. Das war meiner Meinung nach auch der Grund dafür, warum Stefan seinen Umgang mit Alkohol nicht änderte und trotz vieler Gespräche, heftiger Auseinandersetzungen und eindringlicher Bitten meinerseits gab es immer wieder Zeiten, in denen mir angst und bange war, wenn Stefan nicht pünktlich nach Hause kam. Wirklich erleichtert war ich erst, wenn mir sein Gesichtsausdruck und der Geruch beim Begrüßungskuss sagten, dass er nichts getrunken hatte.

Als Stefan die Hoffnung auf eine Anstellung beinahe verloren hatte, investierte er sein gesamtes Vermögen für den Schritt in die Selbständigkeit. Anfangs gingen die Geschäfte schlecht und schon bald steuerte ich, möglichst ohne dass Stefan es bemerkte, Geld bei, indem ich für diverse Ausgaben weniger verlangte und die Kosten für Freizeitaktivitäten übernahm. Als sich eine gewisse Stabilität in seinem Einkommen eingestellt hatte, trieben ihn jedoch infrastrukturelle Maßnahmen seitens der Stadtverwaltung in ein finanzielles Dilemma. Er musste sein Geschäft schließen und stand neuerlich vor den Problemen der Arbeitslosigkeit. Zum Glück hatte er keine nennenswerten Schulden, aber das Geld, das ihm zur Verfügung stand, reichte kaum für das Notwendigste. Nicht nur er litt unter dieser Situation, auch mir wurde es oft zuviel und dann und wann dachte ich an eine Trennung. Immer wieder hielten meine Gefühle aber meinen Verstand zum Narren. Einerseits hatte ich große Angst vor dem Alleinsein, andererseits befürchtete ich, dass Stefan untergehen könnte, wenn nun auch noch unsere Beziehung scheiterte. Ich fühlte mich, obwohl in keiner Weise gewollt, doch mitverantwortlich dafür, dass er alles aufgegeben hatte, um bei mir zu sein. Und so ließ ich dem Schicksal seinen Lauf in der Hoffnung, dass sich eines Tages alles zum Guten wenden werde.

Diese Hoffnung fand auch hin und wieder ihre Nahrung. Da Stefan genug Zeit hatte, unternahmen wir kleine Ausflüge. Unsere Ziele waren Schlösser in der Umgebung, deren Parks häufig zum Verweilen einluden. In Kirchen, die wir das erste Mal betraten, zündeten wir Kerzen für unsere Lieben an und baten Gott um Hilfe bei unseren Problemen. Ich gehöre zwar keiner Religionsgemeinschaft an und habe meine eigenen Vorstellungen, doch Gott gibt es auch für mich und schon seit einiger Zeit betete ich wieder regelmäßig, obwohl Gott meine Bitten anscheinend auf Eis gelegt hatte. Aber alleine das Gespräch mit ihm bedeutete mir sehr viel, war er doch der einzige, dem ich alles überall und jederzeit anvertrauen konnte.

Einer unserer Ausflüge führte uns zu einer Tropfsteinhöhle. Aufgrund ihrer Dimensionen ist sie weit über unser Gebiet hinaus bekannt und wird gelegentlich auch für Veranstaltungen genutzt und von vielen Menschen besichtigt. An diesem Tag standen Stefan und ich jedoch alleine am Höhleneingang, dennoch erklärte sich der Führer bereit, uns das Innere des Berges zu zeigen. Wir folgten also dem Fachmann, der viel Interessantes zu erzählen wusste. Als wir schließlich bei einem See ankamen, ließ uns der Mann für kurze Zeit allein. Mit einem geheimnisvollen Lächeln im Gesicht verschwand er in einer Nische der Höhle. Plötzlich erstrahlte der riesige Raum in romantischem Licht. Die beeindrukkenden, riesigen Tropfsteine spiegelten sich im klaren Wasser des Sees. Während wir fasziniert die Lichtspiele betrachteten, erklang mit umwerfender Akustik der allseits bekannte „Chor der Gefangenen“ aus der Oper Nabucco. Für eine Veranstaltung in den nächsten Tagen war alles bereits fertig aufgebaut und so konnten wir beide diesen unvergesslichen Eindruck, den wir überwältigt und mit Tränen der Rührung in den Augen in uns aufnahmen, zu einem besonderen Highlight unserer Beziehung werden lassen.

3. Kapitel

Vor einigen Monaten schien mir ein Therapeutenwechsel notwendig. Frau Doktor Brauer war am Ende ihrer Weisheiten angekommen und schon geraume Zeit bemerkte ich einen Stillstand hinsichtlich ihrer Behandlung. Mein Tablettenkonsum hielt sich in Grenzen, ersetzt jedoch von großen Mengen jener geheimnisvollen Tropfen, die ich von Doktor Hochner bekam.

Meine neue Therapeutin hieß Maria. Inhaltlich besprachen wir etwa dieselben Probleme, die ich schon bei Doktor Brauer seziert hatte. Maria entlockte mir jedoch sehr heftige Emotionen bei einigen Themen und zeigte mir neue Varianten, wie ich mit meinen Ängsten umgehen könnte. Trotz zahlreicher kostspieliger Stunden fühlte ich mich gesundheitlich wie auf einer Hochschaubahn, deren Tiefen wesentlich länger waren, als die eher spärlichen Höhen. Die Stunden bei Maria leistete ich mir aber weiterhin, da sich meine Ängste in ihrer Gegenwart immer auf ein Minimum reduzierten, so dass diese kostbare Zeit zum Balsam meines Körpers geworden war. Als ich nach Monaten jedoch ein besonders starkes Tief hatte und mich nicht aus der Wohnung traute, ließ Maria sich lange bitten, bei mir vorbeizuschauen. Nach einer kurzen Visite bedauerte sie, mir nicht weiter helfen zu können. Ich war sehr enttäuscht und hatte das Gefühl, den letzten therapeutischen Strohhalm verloren zu haben.

Über das Gespräch mit einer Freundin fand ich den Weg zu Eva. Sie war Kinesiologin, versuchte aber auch mit ihr eigenen Fähigkeiten den Energiefluss des Körpers zu optimieren, alte Programme in meinem Innersten, die mir immer wieder schadeten, zu löschen und sie durch neue zu ersetzen. Immer wieder begeisterte sie mich mit kleinen Wundern, führte aber auch eine Abhängigkeit meinerseits herbei. Schließlich war es eine Katastrophe für mich, als sie drei Wochen ins Ausland fuhr. Ich sackte so tief, dass ich nach langen Bemühungen meines Arztes und meiner Angehörigen zum Aufenthalt in einer Klinik einwilligte.

Bereits Monate zuvor hatte ich nach einem Jahr Krankenstand meinen Beruf endgültig an den Nagel gehängt. So ganz freiwillig verzichtete ich nicht darauf, doch zu dem Zeitpunkt, als man mich vor die Wahl stellte, sofort wieder zu unterrichten oder mich von meinem Job zu verabschieden, ging es mir gerade sehr schlecht. Nach beinahe zehn Jahren, in denen mein Leben von unerklärlichen Ängsten bestimmt war, hatte sich meine Hoffnung auf Heilung sehr stark reduziert und absehbar war dieser erlösende Zeitpunkt schon gar nicht. Schweren Herzens nahm ich Abschied von diesem für mich so wichtigen Lebensbereich. Schon mit acht Jahren war Lehrerin mein Traumberuf und später setzte ich alles daran, diesen Beruf auch ergreifen zu können. Mit Leib und Seele arbeitete ich mit den mir anvertrauten Schülern und solange ich gesund war, waren mir neun Wochen Ferien auch immer zu lang. Ich empfand meine Tätigkeit zwar anstrengend, doch die Verantwortung, die ich dabei übernahm, die Beziehungen zu meinen Schülern und die Mitwirkung an der geistigen, seelischen und sozialen Entwicklung von Jugendlichen, entsprachen ganz dem, was ich von dem Beruf erwartet hatte und stellten mich optimal zufrieden. Natürlich merkte ich aber auch, dass mich meine Arbeit in den letzten Jahren zunehmend überforderte. Wie auch an allen anderen Plätzen außerhalb meiner Wohnung war ich zumindest stark angespannt und jene Tage, wo ich überhaupt nicht in der Lage war, in die Schule zu fahren, hatten in letzter Zeit zugenommen, bis ich schließlich monatelang überhaupt zu Hause blieb. Das endgültige Aus überraschte mich nicht, tat aber zutiefst weh und kratzte stark an meinem Selbstwertgefühl.

Die letzten Wochen vor meiner stationären Behandlung lag ich nun vorwiegend auf der Couch im Wohnzimmer. Meine Beine trugen mich eventuell noch auf die Toilette oder in mein Bett. Ich war nicht einmal in der Lage, Teewasser aufzustellen. Selbst der Schritt auf den Balkon erschien mir zu bedrohlich, an einen Spaziergang außerhalb meiner vier Wände war gar nicht zu denken. Ich magerte ab, wog nur noch 39 Kilo und verlor schließlich das Bewusstsein für meine Beine. Wenn sie sich durch ein eigenartiges Zucken nicht bemerkbar machten, fühlte ich sie gar nicht und so hielt ich mich mit den Händen krampfhaft an irgendetwas fest um unbedingt notwendige Schritte zu tun. Mein Herz spielte ständig verrückt und starke Schlundkrämpfe riefen Erstickungsgefühle hervor. Wenn ich so vollkommen eingerollt im Wohnzimmer lag, wurde mir oft bewusst, dass es schlimmer nicht mehr werden konnte.

Stefan hatte alle notwendigen Arbeiten übernommen, darüber hinaus setzte er sich oft zu mir, und versuchte mich mit Spielen abzulenken. Er schien auch sehr verzweifelt über meinen kontinuierlichen Verfall und schließlich bat er seine Mutter, ihm etwas beizustehen. Diese Frau war aber alles andere als eine Hilfe für mich. Sie hatte absolut kein Verständnis dafür, dass sich ein Mensch so gehen lässt, wie sie es bezeichnete. Ihre Versuche, mich zu Aktivitäten zu nötigen, lösten bei mir zusätzliche Ängste aus, da sie auch damit drohte, dass ihr Sohn mich verlassen werde, falls ich nicht ohnehin vorher ins Gras beiße. Ihr Umgang mit mir führte schließlich auch zu heftigen Auseinandersetzungen mit Stefan und eher beleidigt warf sie nach einiger Zeit das Handtuch und fuhr nach Hause.

Auch meine Mutter wollte uns helfen, was zwar gut gemeint, doch ebenfalls nicht Ziel führend war. Schließlich verbrachte noch mein Bruder das Wochenende bei uns. Da er mich schon länger nicht mehr gesehen hatte, war er erschüttert von meinem Aussehen und meinem Verhalten. Selbst völlig mit der Situation überfordert, unterstützte er meinen Arzt beziehungsweise Stefan bei deren Meinung, dass mir nur noch in einer Klinik zu helfen sei. Da ich sah, wie sehr alle unter meiner Krankheit litten, entschied ich mich für eine stationäre Behandlung. Ich hatte wenig Hoffnung, dass mir in einer Klinik wirklich geholfen werden könnte, doch zumindest für Stefan sollte es eine Erholungsphase werden und meine Familie klammerte sich wieder einmal an eine Chance auf Heilung.

Neun Wochen dauerte mein Martyrium in der Klinik. Schon am ersten Tag nahm man mir alle Medikamente, die ich bei mir hatte, weg. Auch die Tropfen von Doktor Hochner verschwanden im

Schwesternzimmer, zumal ich nicht angeben konnte, welche Wirkstoffe darin waren. Eingehende Untersuchungen meiner Körperfunktionen, eine Kombination verschiedener Tabletten sowie die Verordnung der Teilnahme an Turnübungen, Mal- und Töpferstunden sollten zum Ziel führen. Doch gegen alle Erwartungen ging es mir schon in der ersten Nacht um vieles schlechter als zuhause. Von den bereits bekannten Beschwerden abgesehen, begannen meine Muskeln unkontrolliert zu zucken und an allen möglichen Körperstellen kam es zu schmerzhaften Krämpfen. Meine Angst steigerte sich von Sekunde zu Sekunde und erreichte ihren Höhepunkt in einer nicht enden wollenden Panikattacke, in der ich gänzlich die Kontrolle über mich verlor. Als ich zu schreien begann, drückte meine Bettnachbarin jenen Knopf, der die Schwester in ihrem Aufenthaltsraum alarmierte. Wie ich später erfuhr, war sie alleine hilflos und holte den Dienst habenden Arzt, der erfolglos versuchte, mich zu beruhigen. Nur durch eine rasch wirkende Injektion bekam er schließlich meine Panikattacke einigermaßen in den Griff. Bisher fühlte ich mich abends im Bett immer am wohlsten. Oft flüchtete ich schon dorthin, um meinem Körper etwas Entspannung von dem extremen Stress zukommen zu lassen. Die Erfahrung dieser ersten Nacht in der Klinik nahm mir nun diese Zuflucht und damit das letzte Bisschen an Sicherheit und Geborgenheit. Tagsüber lag ich reglos, eingerollt und völlig verkrampft in meinem Bett, war nicht in der Lage mich im Badezimmer zu waschen und verzichtete sogar auf Zigaretten, die man nur im einen Stock tiefer gelegenen Fernsehraum rauchen durfte. Auf ärztliches Anraten besuchte mich Stefan maximal jeden zweiten Tag und mehr als zehn Tage ging es mit mir noch weiter bergab, unvorstellbar für alle, die mich in den letzten Wochen zuvor gesehen hatten.

Die massiven körperlichen Beschwerden waren auch den Ärzten ein Rätsel und erst viele Monate danach erfuhr ich, dass zu meinem bedenklichen Zustand auch noch ein abrupter Valiumentzug dazugekommen war, als ich mit der Einnahme der wundersamen Tropfen plötzlich aufgehört hatte. Dass Valium ein wesentlicher Bestandteil des Medikamentes war, ahnte niemand und ich schluckte dieses Mittel jahrelang in großen Mengen, das ich ohne Beschreibung, ohne Erklärung und vor allem ohne Warnung von dem von mir so hoch gelobten Arzt per Post stets prompt erhalten hatte.

Um zu diversen Untersuchungen zu kommen, genehmigte man mir einige Tage einen Rollstuhl. Schließlich brachte mich aber mein Verlangen nach einer Zigarette gelegentlich auf die Beine. Vormittags durfte ich zum Rauchen nicht auf den zehn Meter entfernten Balkon. Er war meinetwegen versperrt, da man mich anscheinend für Suizid gefährdet hielt. So quälte ich mich ein- bis zweimal täglich, möglichst nahe der Wand entlang, in den Fernsehraum. Zumindest meine Lunge konnte so von Erholung sprechen. Erst nach vier Wochen stellte sich eine gewisse Besserung ein, nachdem ich verschiedene Kombinationen von Medikamenten erhalten hatte. Ziemlich wackelig auf den Beinen wagte ich die ersten Schritte im Freien, aber nur in Stefans Begleitung. An diversen Beschäftigungs- und Bewegungstherapien nahm ich nur sehr unwillig teil, da sie nichts boten, wofür ich mich hätte begeistern können. Nur der Weg zu den entsprechenden Räumlichkeiten, die ich auf meinen „Schaumstoffbeinen“ aufsuchte, zeigte mir, dass ich im wahrsten Sinne des Wortes doch etwas erreichen konnte.

Gegen Ende meines Klinikaufenthalts war ich etwa dort, wo ich kurz vor der Einlieferung stand. Weit entfernt von Heilung, kaum Veränderungen hinsichtlich meiner Angstgefühle, mit etwas mehr Gewicht entließ man mich mit einer Palette an Medikamenten und dem Rat, einen Therapeuten aufzusuchen. Gegen meine Überzeugung, mehr als genug therapiert worden zu sein, folgte ich dem Rat. Ich wollte Stefan und meinen Angehörigen einen Gefallen tun, da sie mich heftig drängten, den Empfehlungen der Ärzte nachzukommen. Nach einigen Stunden lehnte ich weitere Therapien ab. Derzeit konnte mir damit nicht geholfen werden. Ich schluckte die Tabletten, konnte aber auch vier Monate später keine entscheidende Besserung bemerken. In winzig kleinen Schritten versuchte ich jedoch, mein Leben wieder in den Griff zu bekommen. Jeden Abend notierte ich meine Leistungen vom Tag, und nach einigen Wochen war ich stolz darauf, dass da außer „Geschirrspüler ausräumen" und „Kaffee herrichten" auch mein erster Spaziergang mit Sascha festzuhalten war.

4. Kapitel

Fünf Jahre lang wohnte Stefan nun schon bei mir und seit geraumer Zeit suchte er vergeblich einen Job. Mir tat das einerseits gut, da Stefan sich um alles kümmern konnte und ich nicht alleine zuhause war, andererseits wusste ich, wie wichtig ihm eine Arbeit und das damit verbundene Einkommen waren. Auch seine Mutter schien Druck auf ihn auszuüben, was allerdings hinter meinem Rücken geschah, bis sie schließlich in einem offenen Gespräch behauptete, dass sie Stefan mit ihren großartigen Beziehungen sehr rasch einen Job in seiner Heimatstadt verschaffen könne.

Da ich nun beruflich nicht mehr gebunden war, die meiste Zeit ohnehin in meiner Wohnung dahinvegetierte und meine Kontakte zu Freunden und Bekannten entweder abgebrochen waren oder sich auf ein Minimum beschränkten, fand ich es nicht besonders wichtig, in welcher Stadt ich mein Dasein führte. Um Stefan nicht auch noch alles zu vermasseln, willigte ich in eine Übersiedelung ein.

Nun ging alles ziemlich schnell. Stefans Mutter wurde sehr aktiv beim Erledigen der Wege, die so ein Umzug mit sich bringt. Zusätzlich ergab sich zeitlich eine perfekte Abstimmung zwischen dem Verkauf meiner Wohnung und dem Einzug in das neue Zuhause. Ich beteiligte mich, so gut ich konnte, und erst, als wir schließlich zwischen einem Berg von Schachteln, Koffern und Taschen in unserem neuen Heim standen, überkam mich Wehmut, die der Abschied von einer lieb gewonnenen Umgebung, all dem Vertrauten und jahrelangen menschlichen Beziehungen mit sich brachte.

Die Möbel in der Wohnung entsprachen nicht so recht meinem Geschmack. Auch Fliesen, Teppiche, Beleuchtung und Tapeten waren teilweise renovierungsbedürftig. So machte ich mich mit Stefan auf den Weg, alles einzukaufen, damit wir uns in der neuen Umgebung auch entsprechend wohl fühlen konnten.

Etwa nach zwei Wochen fiel mir auf, dass sich meine Ängste beim Durchkämmen zahlreicher Geschäfte in Grenzen hielten. Bei unseren Spaziergängen mit Sascha lernte ich die nähere Umgebung besser kennen und durch kleine Ausflüge versuchte Stefan, mir zu zeigen, dass es hier auch reizvolle Landschaften und Sehenswertes zu erobern gibt. Obwohl mich auf all diesen Wegen die Angst begleitete, gelang es mir doch, mein Augenmerk auf anderes zu richten und gewisse Entscheidungen zu treffen.

Natürlich war die erste Zeit geprägt von den neuen Eindrücken und der Freude am Gestalten der Wohnung, doch zwei für mich wesentliche Faktoren schien es nicht zu geben. Einerseits erwiesen sich die „großartigen“ Beziehungen seiner Mutter als Schuss ins Leere und Stefan fand auch hier keinen zufrieden stellenden Job. Zwischendurch arbeitete er immer wieder für kurze Zeit in diversen Betrieben, immer wieder gab es aber auch triftige Gründe, sich von den Firmen zu verabschieden. Mein zweites Problem waren Stefans soziale Kontakte. Eigentlich hatte er nur einen Freund und eine Hand voll oberflächlicher Bekanntschaften. Wir waren die meiste Zeit alleine und wirklich in Anspruch nahm uns nur seine, im wahrsten Sinne des Wortes fesselnde Mutter, die ihren Sohn zu beherrschen versuchte und sich in alles einmischte – der Albtraum jeder Schwiegertochter.

Das größte Plus des Tapetenwechsels war mein gesundheitlicher Fortschritt. Nach rund zwei Jahren ging es mir um die Hälfte besser. Meine Selbstsicherheit und mein Selbstwertgefühl wurden stärker und stärker. Panikattacken blieben gänzlich aus, nur die Schwindelgefühle mit dem damit verbundenen unsicheren Gang begleiteten mich noch auf meinen Wegen außerhalb der Wohnung. Es war mehr die Angst vor der Angst, die mich daran hinderte, das Auto selbst zu lenken oder längere Strecken zu Fuß zu gehen. Für das Fahren hatte ich Stefan und beim Gehen schlich ich so nahe den Hausmauern entlang, dass der Verputz an meinen Ärmeln haften blieb. Extrem nervös war ich noch beim Überqueren von Straßen und größeren Plätzen und gelegentlich verließ ich fluchtartig Geschäfte, wenn die Angst mich zu überrollen drohte. Den Grund für diese Besserung kenne ich bis heute nicht. Sie stellte sich irgendwie von selbst ein. Äußerlich gab es für mich nicht viel Positives in dieser Stadt, vor allem wenn ich sie mit meinem früheren Zuhause und der Mentalität seiner Bewohner verglich. Enttäuschungen über dieses und jenes standen auf der Tagesordnung und trotzdem schafften sich angenehme Gefühle einen gewissen Raum in mir, und drängten die bis jetzt alles beherrschende Angst etwas zur Seite. Es gab Stunden und manchmal Tage, in denen die Angst aus meinen Gedanken und Gefühlen völlig verschwunden war. Nach zehn Jahren hatte nun auch mein Körper wieder die Möglichkeit, sich von dem permanenten Stress, den diese Empfindung hervorgerufen hat, zu erholen und langsam begannen sich seine Funktionen wieder zu normalisieren.

Sicher waren meine Fortschritte auch Stefan aufgefallen, der zwar kaum darüber sprach, doch meiner Meinung nach darüber glücklich war. Nun beschlossen wir, unserer Beziehung die offizielle Note zu geben. Zuversichtlich im Hinblick auf eine dauerhafte Zweisamkeit schlossen wir den Bund der Ehe. Ich wollte Stefan vor allem damit zeigen, dass ich ihn nicht nur als Krankenpfleger gebraucht habe. Und er bekam so auch den großen Vertrauensvorschuss, dass er seine eigenen Probleme, wenn notwendig mit meiner Hilfe, lösen werde. So manche Eigenheit Stefans hatte in der Vergangenheit bei mir Gedanken an eine Trennung geweckt, aber dann zeigte er sich wieder von seiner liebenswerten Seite und ich kam zu dem Schluss, dass eben niemand perfekt ist. Einen Grund für gelegentliche Ausrutscher seinerseits führte ich auf meine Krankheit zurück, die natürlich auch ihn schwer belastete. Doch nun ging es mir um so vieles besser und vor allem hatte ich wieder die Kraft, ihm hilfreich zur Seite zu stehen, auch wenn durch meine wiedererlangten Stärken seine Schwächen nicht nur für mich deutlich sichtbarer wurden.

5. Kapitel

Sascha hatte sich ziemlich rasch in der neuen Umgebung zurechtgefunden. Ihm fehlte natürlich sein langjähriges Revier – der wilde Park vor unserem Haus, in dem er sich mindestens zwei

Stunden täglich austobte, Spuren verfolgte und mit einigen anderen Hunden das geräumige Areal durchstreifte. Es waren auch immer dieselben Hunde, von denen manche zu innigen Freunden geworden waren, andere wurden von ihm nur geduldet oder aus dem Revier verjagt. Besonders angetan hatte es meinem Hund eine weiße Pudeldame. Ihr gegenüber benahm er sich wie ein Gentleman, verteidigte sie mit Leibeskräften, wenn ungebetene Konkurrenz auf der Bildfläche auftauchte und erwartete für den Einsatz die entsprechende Anerkennung und Bewunderung durch seine Angebetete. Seinem Liebeskummer, wenn die Dame so ihre fruchtbaren Tage hatte, machte er mit einem durchdringenden Heulen Luft, das er nur bei entsprechender Zuwendung unsererseits unterbrach. Beinahe waren wir gezwungen, an diesen Tagen auch von der Arbeit zuhause zu bleiben. Allen Nachbarn und Parkbesuchern war Sascha mit seinen Eigenheiten liebevoll vertraut und so manches Kind hielt ein Abenteuer mit ihm in einem Erlebnisaufsatz fest.

Immerhin war Sascha bei unserem Ortswechsel fast vierzehn Jahre alt und zählte daher schon zu den betagten Senioren, sodass ich mir doch etwas Sorgen machte. Mit Ausflügen in der neuen Umgebung, mit viel liebevoller Zuwendung und entsprechender Fürsorge versuchten wir daher, den Verlust all des Vertrauten wett zu machen. Für ihn schien jedoch das Wichtigste zu sein, dass er bei uns war und im Laufe der Zeit legte er fest, welche Sträucher und Bäume sein neues Revier begrenzten und er wurde nicht müde, dies durch sein tägliches Markieren auch seinen Artgenossen mitzuteilen.

Fast siebzehn Jahre war es nun her, dass Mario den acht Wochen alten Welpen nach Hause gebracht hatte. Er entwickelte sich großartig und all die Jahre erwies er sich als absolut treuer Gefährte, vor allem auch, wenn das Schicksal hart zuschlug. Gesundheitlich gab es kaum Probleme mit Sascha, nur in letzter Zeit wurden seine Muskeln an den Hinterläufen schwächer. Mit Spritzen versuchte der Tierarzt dem Problem beizukommen, hatte damit aber kaum Erfolg. Von Tag zu Tag fiel es ihm schwerer, aufzustehen, zu gehen und seine Geschäfte im Gebüsch oder an Bäumen zu verrichten. Der Arzt meinte zunächst, dass Sascha keine Schmerzen habe und seine inneren Organe noch bestens funktionierten. Doch dann begann mein Freund zu husten, er hatte Wasser in der Lunge und über die Stiegen mussten wir ihn schon einige Zeit tragen. Für mich war es selbstverständlich, dass ich Sascha pflege, solange es möglich ist und ich bat innig darum, dass ich bei ihm nicht über Leben und Tod entscheiden muss.

Es war an einem Samstagvormittag im November, als schließlich auch Saschas Vorderpfoten nachgaben und er nur noch im Liegen fressen konnte. Das Atmen fiel ihm schwer und offensichtlich hatte er bei jeder Bewegung Schmerzen. Ich trug ihn ins Freie, da ich hoffte, ihm einige Schritte zu entlocken, ein Zeichen für mich, dass er sich vielleicht doch wieder erholt. Aber so, wie ich ihn in der Wiese absetzte, verharrte er und sein Blick schien zu sagen: „Es ist vorbei, ich kann nicht mehr!“

Nun stand ich doch vor der schwierigsten Entscheidung meines Lebens. Saschas Tod nach mehr als sechzehn gemeinsamen Jahren war durch nichts rückgängig zu machen. Auf keinen Fall wollte ich aber, dass er ohne Aussicht auf Besserung leidet. Mit Tränen in den Augen bat ich Stefan, den Arzt zu rufen, der Saschas letzten Weg einleiten sollte.

Ich setzte mich auf meinen Platz im Wohnzimmer, legte Saschas Decke über meinen Schoß und hob ihn vorsichtig herauf. Eine halbe Stunde blieb mir noch. Ich versuchte mir nichts anmerken zu lassen, streichelte Sascha und sprach wie sonst auch mit ihm. Zwischendurch gab ich ihm einige Scheiben seiner Lieblingswurst. Stefan saß mir gegenüber und mit Tränen in den Augen ließ er still die gemeinsamen Jahre gedanklich vorbeiziehen.

Dem Arzt genügten ein paar prüfende Blicke, dann gab er mir zu verstehen, dass es eine Erlösung für das Tier sein werde. Ich nickte nur und während ihm der Arzt die beiden Spritzen verabreichte, drückte ich meinen besten und so geliebten Freund vorsichtig an mich. Als Sascha eingeschlafen war, ließen mich Stefan und der Arzt einige Zeit alleine. Ein tiefer Schmerz durchbohrte mich, ich weinte bitterlich und bedankte mich bei dem reglos auf meinem Schoß liegenden Freund für seine Liebe und Treue, die er mir all die Jahre erwiesen hatte. Schließlich trug ihn Stefan samt seiner Decke in den Wagen des Arztes. Seine Seele blieb jedoch noch lange bei mir, was er mir genau zwei Jahre später, exakt in seiner Sterbestunde deutlich machte:

Ich saß in der Küche und las die Zeitung. Plötzlich vernahm ich ein Geräusch im Vorzimmer. Als ich Nachschau hielt, lag Saschas Bild, das schon seit ewigen Zeiten hier hing, am Boden. Ich hob es auf und als ich mir die Aufhängevorrichtung ansah, fand ich keine Erklärung dafür, wie das Bild zu Boden fallen konnte. Als ich wieder in der Küche saß, wurde mir plötzlich bewusst, was das eigentlich für ein Tag war – Saschas zweiter Todestag. Ein Blick auf die Uhr überzeugte mich davon, dass Sascha, in welcher Form auch immer, noch in meiner Nähe war.

Die Trauer um Sascha, die Stefan und ich empfanden, war beinahe so stark wie beim Verlust eines geliebten Menschen. Nachdem ich seinen Schlafkorb und seine Spielsachen im Vorzimmer sowie seine beiden Schüsseln in der Küche weggeräumt hatte, schienen die dadurch entstandenen Löcher wesentlich größer, als es der Realität entsprach. Sie sprangen uns förmlich ins Auge und erinnerten immer wieder schmerzlich an den Abschied. Ich selbst fühlte aber nicht nur Trauer, ich hatte Schuldgefühle, da meine Entscheidung Saschas Leben beendete. Er konnte mir ja nicht sagen, wie er sich fühlte. Vielleicht wäre er noch gerne geblieben, hatte gar keine so großen Schmerzen und wäre schließlich auf natürlichem Wege von uns gegangen. Auch Stefans Beteuerungen, dass meine Entscheidung nur gut für Sascha gewesen sei, änderten nichts daran, mich schuldig zu fühlen und ich dachte, wie schwer es erst für Menschen sein muss, vor so eine Entscheidung bei geliebten Angehörigen, womöglich beim eigenen Kind, gestellt zu werden. Trost fand ich schließlich im Glauben. Für mich ist Sascha nun bei meinem Vater. Vielleicht geht er mit ihm spazieren, befriedigt all seine Bedürfnisse und vielleicht stehen sie eines Tages auf der anderen Seite des Tunnels, umgeben von Licht und begrüßen mich in jener Welt, in der wir alle wieder vereint sein werden.

6. Kapitel

Noch während ich um meinen Hund trauerte, schlug das Schicksal erneut zu. Stefan hatte eine Frau kennen gelernt und es dauerte nicht lange, bis ich davon erfuhr, dass wesentlich mehr dahinter steckte, als mir lieb war. Was ihn an ihr faszinierte, wusste ich zunächst nicht. Ich erfuhr, dass sie sich mit Magie beschäftigte, schon Ehen zerstört hatte und – für mich am erstaunlichsten – sie litt an Angstzuständen und Panikattacken. Ich konnte es nicht glauben: Stefan hatte mehr als genug Einblick in eine Beziehung mit einer Frau, die an dieser Krankheit litt, und gerade jetzt, wo ich wieder in der Lage war, mich an der Gestaltung unseres Lebens aktiv zu beteiligen, mein Äußeres seine Attraktivität zurück gewann und die Freuden des Lebens langsam wieder Bedeutung erlangten, zog es ihn in die Arme dieser Frau.

Nach einem heftigen Streit setzte ich ihn vor die Tür und besiegelte damit das Ende unserer elfjährigen Beziehung. Natürlich dachte ich über mögliche Ursachen nach und suchte, wie schon bei Mario, die Gründe auch bei mir. Fazit dieser Überlegungen war, dass Stefan, wie ich bereits wusste, an einem Helfersyndrom litt. Meine gesundheitlichen Fortschritte reduzierten aber seine Gelegenheiten und die Notwendigkeit, mir zu helfen. Nun hatte er eine Frau gefunden, die ihn vielleicht gerade wegen ihrer gewissen Hilfsbedürftigkeit stark anzog. Diese Überlegungen verringerten meine Schuldgefühle. Ich war und bin auch heute noch davon überzeugt, dass meine Krankheit für das Scheitern meiner ersten und meine Genesung für das Aus meiner zweiten Ehe verantwortlich sind.

Kurz bevor Stefan endgültig auszog, erreichte mich eine weitere Hiobsbotschaft. Meine Mutter wurde mit einem Lungeninfarkt ins Krankenhaus eingeliefert. Ich war noch weit davon entfernt selbst mit dem Auto die etwa 150 Kilometer zu fahren. Mit vielen Lügen am Telefon vertröstete ich sie so lange, bis Stefan sich schließlich bereit erklärte, mich zu meiner Mutter zu führen. In ihrem Zustand wollte ich ihr noch nichts von der bevorstehenden Scheidung erzählen. So saßen Stefan und ich an ihrem Bett, wichen heiklen Fragen aus und sprachen ausschließlich von ihrem Befinden, das sich kurz danach noch durch eine schwere Grippe empfindlich verschlechterte. Natürlich war sie sehr enttäuscht, dass ich, im Gegensatz zu meinen Geschwistern, angeblich keine Zeit hatte, mich etwas mehr um sie zu kümmern. Nur per Telefon informierte ich mich bei Thomas und Karin täglich nach dem Gesundheitszustand unserer Mutter. Ihr selbst machte ich Mut und versicherte, dass sie bald wieder gesund sein werde.

Als Stefan alle seine Sachen abgeholt hatte und ich so ganz alleine im Wohnzimmer saß, wurde mir schmerzlich bewusst, dass ich nun das Letzte, was mir im Leben wichtig war, verloren hatte. Ich war kinderlos, nicht wirklich gesund, ohne Job und daher auch finanziell stark eingeschränkt, kämpfte mit der Trauer um Sascha und nun war auch noch meine zweite Ehe in die Brüche gegangen. Kontakt hatte ich nur gelegentlich zu einer jüngeren Frau, die in der Nachbarschaft wohnte. Alle anderen Personen, mit denen ich in dieser Stadt bis jetzt zu tun hatte, waren Bekannte meines Mannes, die sich gemeinsam mit ihm von mir abwendeten. Die Stadt selbst war mir auch noch sehr fremd, da Stefan lieber zuhause saß und eher selten diverse Lokalitäten mit mir aufsuchte. Ich kannte kaum Geschäfte, die zum Bummeln einluden, Cafes, Bars und Restaurants hatte ich mit Stefan nur ganz selten aufgesucht und Möglichkeiten einer meinen Bedürfnissen adäquaten Freizeitgestaltung hielten sich bis jetzt im Dunkeln verborgen. Alleine etwas zu unternehmen scheiterte meist an den zwar abgeschwächten, aber doch noch vorhandenen Ängsten und meine seelische Verfassung reduzierte meine Neugier, das Unbekannte zu erobern, auf ein Minimum.

Natürlich litt ich auch unter der Trennung von Stefan, waren wir doch mit den Jahren sehr zusammengewachsen und neben unseren Problemen gab es doch auch viel Positives, was mich mit ihm verband. In den ersten Wochen meines Singledaseins spukte Stefan fast ununterbrochen in meinen Gedanken, meinen inneren Dialogen und jedes Mal – ohnehin selten genug – durchzuckte mich beim Läuten des Telefons die Hoffnung, dass Stefan sich meldet und wir ein versöhnendes Gespräch führen. Wie es so schön heißt: „Die Hoffnung stirbt zuletzt.“ Das bestätigte sich auch in diesem Fall, nur wurde die Hoffnung dieses Mal begleitet von dem Gefühl einer gewissen Befreiung, die ich mir erst viel später erklären konnte.

Genau genommen stand ich aber jetzt nicht nur vor den Trümmern einer Ehe, im Rückblick war der Großteil meines bisherigen Lebens ein riesiger Haufen Schrott und hatte für mich jeden Sinn verloren. Eigentlich wunderte ich mich darüber, wie viel ein einziger Mensch ertragen kann, bevor er endgültig untergeht und schließlich kam ich zu der Überzeugung, dass ich im Grunde genommen eine außergewöhnlich starke Persönlichkeit sein muss – ich lebte ja noch, was aber auch schon alles war, was ich derzeit aufzuweisen hatte.

Monatelang versuchte ich nun, mich in meinem neuen Leben zurechtzufinden. Mutti wusste inzwischen Bescheid und immer wieder war sie tagelang die einzige, mit der ich sprach. Zu erzählen hatte ich nicht viel und oft beschränkte sich der telefonische Austausch auf das Wetter, da es auch in ihrem Leben nicht viel Nennenswertes zu berichten gab. So wenig wie möglich jammerte ich ihr etwas vor, da eine Belastung ihrerseits schon so oft wie ein Bumerang zu mir zurückgekommen war. Dennoch wartete ich Abend für Abend auf das Läuten des Telefons oder wählte die Nummer meiner Mutter. Besonders enttäuscht war ich, wenn mir der Anrufbeantworter zeigte, dass ich einen der seltenen Anrufe, die ich darüber hinaus erhielt, verpasst hatte. Ein tägliches Highlight war lange Zeit das Eintreffen des Briefträgers. Erwartungsvoll öffnete ich dann den Postkasten und freute mich sogar, wenn wenigstens Rechnungen oder Werbesendungen den Weg zu mir gefunden hatten.

Anfangs meldete sich auch mein Bruder telefonisch noch recht häufig. Ich heulte Thomas stundenlang etwas vor. Gelegentlich trafen wir uns und besonders hoch rechnete ich ihm und seiner Frau an, dass sie mich in ihren Urlaub nach Rhodos mitnahmen, obwohl ich sie schon im Vorhinein davor gewarnt hatte, dass ich derzeit sicher kein angenehmer Begleiter sei.

Schwer enttäuscht war ich wieder einmal von meiner Schwester. Ihre Anteilnahme hielt sich sehr in Grenzen und in den wenigen Gesprächen, die ich mit ihr führte, erkannte ich, dass sie sich weder meine Trauer um Sascha vorstellen konnte, noch war es für sie nachvollziehbar, dass man wegen einer Trennung von einem Partner länger als drei Wochen leidet. Aber mein Schmerz saß sehr, sehr tief und meine Lebensumstände ließen eine ausgleichende Freude, heilende Gefühle und ein neues Fuß fassen nicht zu. Vor allem die Einsamkeit wurde nun immer schlimmer und oft fiel mir der Text eines bekannten Liedes ein, der da lautet: „Kein Schwein ruft mich an, keine Sau interessiert sich für mich ..."

Die nächsten Monate stand ich Tag für Tag schon gegen sechs Uhr morgens auf. Seit einiger Zeit war ich dabei, einige Tabletten abzusetzen. Meine Angst betreffend gingen sie mir nicht ab, doch dauerte es ein Jahr, bis ich wieder schlafen konnte. Während der paar Stunden, die ich im Bett verbrachte, dämmerte ich immer nur für kurze Zeit so dahin und mir schienen diese Nächte endlos lang. Da ich ja kaum etwas zu tun hatte, wurden auch die Tage zu einer Qual von Langeweile. Soweit ich mich alleine traute, suchte ich ein Schwimmbad auf oder fuhr in die Innenstadt, wo ich bei Kaffee in Schanigärten die vorbeiziehenden Leute beobachtete. Was absolut unmöglich erschien, war mit anderen Gästen ins Gespräch zu kommen, obwohl ich mich mehrfach darum bemühte. Diesbezüglich plagten mich Selbstzweifel. Bin ich so ein unguter Mensch, dass sich niemand mit mir anfreunden möchte, ja nicht einmal zu einem zwanglosen Gespräch bereit ist? Ich hatte doch früher nie Probleme mit Menschen in Kontakt zu kommen, aber in dieser Stadt fiel mir das extrem schwer und es dauerte zehn Monate, bis sich endlich jemand fand, dem ich sympathisch genug war um sich mit mir auf eine Freundschaft einzulassen.

Regelmäßiger Höhepunkt des Tages war mein Spaziergang mit Hunden, die ich aus dem städtischen Tierheim holte. Es tat zwar jedes Mal sehr weh, sie anschließend in ihren Zwinger zurück zu bringen, doch mehr, als sie zwei Stunden auszuführen, konnte ich für sie derzeit nicht tun. Bewusst wählte ich auch jedes Mal ein anderes Tier, um nur ja keine zu tiefe Bindung aufkommen zu lassen. Zu übereilt hätte ich vielleicht aus Mitleid einen meiner Schützlinge nach Hause mitgenommen, obwohl meine Vernunft heftig dagegen protestierte. Ich hatte ja niemanden, der im Notfall für den Hund da gewesen wäre und meine gesundheitliche Vergangenheit lehrte mich, dass dahingehend auf jeden Fall vorzusorgen ist.

Diese Situation änderte sich schlagartig, als ich jemanden fand, der mir beim Fenster putzen half. Meine Schwindelgefühle ließen es nicht zu, auf eine Leiter zu steigen und diese Arbeit zu verrichten. Meine Helferin hatte selbst einen Hund und als sie meine große Tierliebe bemerkte, kam sie zu der Ansicht, dass ein Hund Balsam für meine Seele wäre. Sie bot sich als Hundesitterin an und verwarf meine Bedenken, dass dies eine Entscheidung für viele Jahre sein könnte.

Nun durchforstete ich die einschlägigen Inserate in den Zeitungen, bis ich schließlich fündig wurde. Überglücklich drückte ich einige Wochen später einen Spanielwelpen an mich und mit dem Namen Lucky, der Glückliche, hoffte ich auf „nomen est omen“.

7. Kapitel

Lucky brachte nun etwas Schwung in mein Leben. Unsicher aber doch durchstreifte ich mit ihm zu Fuß die Umgebung und gelegentlich fuhren wir in das Umland, wo mein neuer Freund Wiesen und Wälder kennen lernte. Mit so einem Hundebaby an der Leine erweckt man natürlich die Aufmerksamkeit vieler Mitmenschen und so ergaben sich doch hin und wieder nette Gespräche. Vom Besuch einer Hundeschule erwartete ich mir nicht nur für Lukky neben ein bisschen Benimm dich soziale Kontakte, ich hoffte auf diese Art Menschen zu treffen, an die man durch ein verbindendes Interesse auch näher heran kam. Leider musste ich schon nach wenigen Stunden feststellen, dass es zumindest in diesem Kurs damit nicht klappt. Für mich war es dennoch eine nette Abwechslung, obwohl Lucky sich eher als der Gejagte als der Rudelführer entpuppte. Er war, wie mir seine Züchterin gesagt hatte, nicht nur der jüngste sondern auch der schwächste Welpe von diesem Wurf und musste sich von Anfang an den wesentlich dominanteren Geschwistern unterwerfen. Seine Unterlegenheit und Verletzlichkeit ließen bei mir starke Beschützerinstinkte aufkommen und im Nachhinein glaube ich, dass ich ihm mehr zutrauen hätte sollen. Dafür ist es nun zu spät. Dennoch, Lucky hat sich zu einem anhänglichen, meist braven Spaniel entwickelt und obwohl bei ihm als Welpe keinerlei Anzeichen waren, kann ich ihn äußerlich etwa auf Fotos von Sascha kaum unterscheiden.

So richtig ins Herz geschlossen hatte ich ihn aber erst nach zwei Monaten. Natürlich sah er entzückend aus und ich kümmerte mich um ihn, wie ich mich um jedes Tier gekümmert hätte. Es fehlte aber etwas, was bei Sascha von Anfang an da war – die innere Bindung. Als Lucky nun eines Abends im Wohnzimmer neben mir saß, trafen sich unsere Blicke. Irgendwie tat er mir Leid. Ich streichelte über seine Kopf und fragte: „Hast du mich eigentlich lieb?“ Plötzlich und zum ersten Mal leckte er mir mit seiner Zunge sanft über mein Gesicht, schmiegte seinen Kopf anschließend an meine Schulter und ich hatte das Gefühl, als ob er mir ins Ohr flüstern wollte: „Natürlich, und wie!“ Schlagartig war der Bann gebrochen und von diesem Augenblick an hatte Lucky den gleichen Platz in meinem Herzen, den ich Sascha auch über seinen Tod hinaus eingeräumt hatte.

Lucky ist nun acht Jahre alt und, obwohl es seinetwegen auch Probleme gibt, habe ich nie bereut, ihn zu mir genommen zu haben. Jene Frau, die sich anfangs angeboten hatte, ihn wenn nötig zu betreuen, verschwand nach wenigen Wochen aus meinem Leben. Es dauerte ziemlich lange, bis ich wieder eine geeignete Person fand, denn Menschen, die Hunde lieben und entsprechend Zeit haben, halten sich meist selbst ein Tier, das häufig mit Eifersucht sein Revier verteidigt. Zudem erwarte ich mir von den Betreuern meines Hundes Verantwortungsgefühl und Verlässlichkeit und nicht zuletzt muss Lucky sich bei diesen Menschen wohl fühlen. Alles in allem konnte Trude aufweisen, die sich gleichzeitig auch als liebenswerte Freundin entpuppte. Leider ist sie durch eine Gelenkserkrankung schon seit vier Jahren nicht mehr in der Lage, Lucky sicher und gefahrlos an der Leine zu führen. Seither suche ich vergeblich nach einer entsprechenden Betreuung.

Indirekt ist Lucky auch der Grund für Spannungen zwischen Thomas und mir. Meinen Bruder macht mein Hund angeblich nervös, wenn wir alle gemeinsam bei meiner Mutter zu Besuch sind. Die eigentliche Ursache lag aber am Anfang sicher in dem gespannten Verhältnis zwischen Mutti und mir. Die Fahrt mit meinem Wagen zu ihr löste bei mir meist schon Tage vorher verstärkte Ängste aus.

Doch, obwohl es mir jedes Mal sehr schlecht ging, fuhr ich zu den so genannten „Heiligen Zeiten" zu ihr. Wenn sie sich dann während meines Besuches über mein seltenes Kommen beschwerte, gingen bei mir die Sicherungen durch. Schließlich sagte sie diesbezüglich zwar nichts mehr, schaffte es aber doch immer wieder, Schuldgefühle hervorzurufen, was den Aufenthalt bei ihr noch schlimmer für mich machte. Befanden sich dann noch alle Familienmitglieder in der eher kleinen Wohnung, reagierte Lucky mit Unruhe auf unseren Stress. Wie ein kleines Kind versuchte er zwischendurch Aufmerksamkeit und Zuwendung zu erhalten, was aber im tolerierbaren Rahmen stattfand. Dennoch erklärte mir Thomas, dass er nur noch getrennt von mir zu Mutti fährt oder zumindest in einem Hotel übernachtet. Da ich wusste, wie wichtig für unsere Mutter die Besuche ihres Sohnes waren, der sie, im Gegensatz zu mir, mit allen möglichen Aktivitäten unterhielt, blieb ich so mancher Familienfeier fern. Ich lernte damit auch eine Seite meines Bruders kennen, unter der ich jahrelang litt, fühlte ich mich doch seinetwegen von der Familie teilweise ausgeschlossen. Manchmal kam ich mir dann vor wie das Mädchen mit den Schwefelhölzchen. Für mich war an diesen Tagen Lucky mein letztes Schwefelhölzchen und ich dachte: „Seit ich die Menschen kenne, liebe ich die Tiere", eine Weisheit, die durch die vielen Enttäuschungen in meinem Leben nur zu oft Bestätigung fand, denn, obwohl sich die Beziehung zwischen Mutti und mir wesentlich gebessert hat und Lucky aufgrund seines Alters auch ruhiger geworden ist, hält Thomas bis heute an seiner Entscheidung fest. So sehr ich ihn auf der einen Seite mag, ihm dankbar bin, dass er mir in schweren Stunden zur Seite stand, so wenig kann ich verstehen, dass er wegen seiner Selbstgerechtigkeit und Intoleranz das Zuschütten des entstandenen Grabens zwischen uns verhindert.

Etwa ein Jahr nach meiner zweiten Scheidung begann mein Leben sich wieder der positiven Seite zuzuwenden. Ich freundete mich mit Christa an und gemeinsam schlugen wir uns in diversen Lokalen so manche Nacht um die Ohren. Dabei lernte ich andere Menschen kennen, auch Männer waren darunter, die mir das Gefühl gaben, eine attraktive, begehrenswerte Frau zu sein. Mein Selbstwertgefühl und meine Selbstsicherheit nahmen mehr und mehr zu. Schließlich ergab sich auch die Möglichkeit, als Journalistin zu arbeiten, was meinen Interessen und Fähigkeiten entsprach. Mein Leben hatte wieder Sinn, auch wenn ich noch viele meiner Wege auf unsicheren Beinen, von Schwindelgefühlen begleitet, zurücklegte. Ich schluckte zwar Tabletten gegen die Angst, meine Erwartungen konnten diese jedoch nicht befriedigen. Dennoch schaffte ich alles alleine und die meiste Zeit fühlte ich mich wohl, was sich auch in meiner Ausstrahlung zeigte.

Im Sommer letzten Jahres war die Hitze wochenlang unerträglich, mein Blutdruck sackte in den Keller und die Angst wurde größer und größer. Mit Lucky schaffte ich nicht mehr als fünfzig Meter am Gehsteig vor unserem Haus, wo er jeden Strauch und jeden Baum mehrfach bewässerte, bis ich ihn auf wackeligen Beinen wieder nach Hause zerrte. Einkaufen fuhr ich nur zeitig am Morgen und tagsüber verkroch ich mich in meinen vier Wänden hinter geschlossenen, abgedunkelten Fenstern. Noch hatte ich Urlaub und somit Zeit zum Nichtstun, doch meine Bedenken vor dem Überhandnehmen der Ängste wuchsen von Tag zu Tag. Ich suchte den Arzt auf, der mir schon vor einigen Monaten ein neues Medikament verschreiben wollte. Aus Angst vor den angeführten Nebenwirkungen lehnte ich jedoch ab. Nun blieb mir aber nichts anderes übrig, als auf seinen Vorschlag einzugehen. Aus mehreren ähnlich wirkenden Tabletten dieser neuen Medikamentengeneration traf er auf Anhieb ein Präparat, das mich heute unendlich dankbar sein lässt. Es dauerte zwar beinahe drei Monate, doch schließlich reagierte mein Körper zu meiner Zufriedenheit.

Ziemlich schlagartig reduzierten sich meine Ängste auf das lebensnotwendige Maß und die Lebensqualität entsprach beinahe dem eines gesunden Menschen. Auch die Nebenwirkungen hielten sich in Grenzen. Ich konnte es kaum fassen, was ich da all die Jahre mit mir herum geschleppt habe und daher sind diese „normalen" Empfindungen für mich alles andere als selbstverständlich.

Am deutlichsten verspürte ich die Besserung in meinen Beinen. Einundzwanzig Jahre lang fühlten sie sich beim Gehen wie weicher Gummi an. Es fehlte der Halt, die Kraft, das Gleichgewicht und obwohl ich in all der Zeit nicht zusammengebrochen bin, wäre ich oft lieber auf allen Vieren gekrochen und phasenweise waren diese an sich schön geformten Beine in meinem Bewusstsein so schwach, dass ich an Stuhl oder Bett gefesselt war. Nun erfüllten sie wieder ihre Aufgabe, wie von der Natur vorgesehen. Nur, wenn es dunkel ist, auf Rolltreppen und gelegentlich beim Überqueren großer Plätze stellt sich ein leichtes Schwindelgefühl ein, das meine Beine wieder dazu bringt, sich wie bei einem Betrunkenen fortzubewegen. Nur ein ehemals gelähmter Mensch kann mir nachempfinden, was es bedeutet, plötzlich wieder gehen zu können und nicht permanent damit konfrontiert zu sein, möglichst rasch die nächste Sitzgelegenheit oder etwas zum Festhalten anzusteuern. Nun habe ich wieder entdeckt, wie schön die Welt um mich herum ist. In aller Ruhe spaziere ich mit Lucky durch Parks, fahre zu den Sehenswürdigkeiten rund um die Stadt und bekomme nicht genug davon, Geschäftsstraßen zu durchkämmen. Selbst in großen Geschäften, in die ich lange Zeit entweder gar nicht hinein ging oder sie nach kurzer Zeit fluchtartig verließ, bin ich in der Lage in aller Ruhe die Angebote zu studieren oder zahlreiche Kleidungsstücke zu probieren. Ein kostspieliges Hobby, denn es scheint, als müsse ich auch beim Kaufen alles nachholen, worauf ich viele Jahre verzichtet habe. Meiner Seele tun diese Investitionen aber wirklich gut.

Neben den körperlichen Erscheinungen haben sich im Laufe der Zeit auch meine Gedanken stark verändert. Bevor ich nun etwas unternehme, überlege ich nicht mehr, ob es dort etwas zum Sitzen oder Anhalten gibt, ob Räumlichkeiten zu groß oder zu klein für mich sein könnten, oder ob ich genug, vor allem die richtigen Medikamente bei mir habe.

Emotional ist nun wieder alles vertreten, womit ein Mensch üblicherweise ausgestattet ist. Jedes einzelne Gefühl nimmt dabei seinen, meiner Persönlichkeit entsprechenden Raum ein. Ich empfinde Freude, Zufriedenheit, Liebe, Zuneigung, Wut, Ärger, Neugier, und natürlich auch Angst, die in einem gewissen Ausmaß lebensnotwendig ist und sobald ich merke, dass sie über dieses Maß hinaus will, richte ich mich auf und mache mir bewusst, wie stark ich eigentlich bin.

Ich scheine nun auch wieder ein dickeres Fell zu haben. Negatives dringt nicht mehr so leicht durch und meine Erwartungshaltung in den meisten Fällen ist wesentlich positiver. Ich habe wieder alle Kraft, die nötig ist, mein Leben zu meistern und wenn mich das Schicksal unangenehm zwickt, stelle ich mich der jeweiligen Situation der Schwierigkeit entsprechend. Natürlich gibt es auch jetzt in meinem Leben größere und kleinere Probleme, doch erscheinen sie mir wenig bedeutsam und meist lösbar, wenn ich sie mit jenen, die meine Krankheit hervorgerufen hat, vergleiche. Auch wenn ich den Weg durch die Hölle nie mehr vergessen werde, blikke ich nun doch hoffnungsvoll in die Zukunft und so weit es mir möglich ist, werde ich darauf achten, mir meine wiedererlangte Selbständigkeit und meine Selbstsicherheit zu bewahren, mit der ich in der Lage bin, mein eigener Beschützer zu sein.

In dir ist eine Quelle der Kraft,
die niemals aufhört zu sprudeln,
wenn du nicht aufhörst, danach zu graben.